中国文化源远流长，中华文明博大精深。只有全面深入了解中华文明的历史，才能更有效地推动中华优秀传统文化创造性转化、创新性发展，更有力地推进中国特色社会主义文化建设，建设中华民族现代文明。

万里桥边女校书——薛涛文化诗书画精编

《万里桥边女校书》编辑委员会 编

中華書局 巴蜀書社

《万里桥边女校书——薛涛文化诗书画精编》

编委会

编者序

中华文明博大精深、源远流长，中国古典诗歌更是璀璨夺目。“诗言志，歌咏言”[1]，历代诗词歌赋无不传承着丰富深厚的优秀传统文化基因，无不彰显着中华民族傲立于世界之林的文化自信。古往今来，成都炳灵载英、鸾翔凤集，吸引和孕育了灿若星辰的诗坛大家，白居易赞曰“诗家律手在成都”[2]，李调元颂道“自古诗人例到蜀”[3]，造就了中国诗歌史上独特的文化地理现象。其中，薛涛以巾帼不让须眉的卓然才情立身其间，成为“蜀女多才，自古为然”的最佳注脚。

薛涛，字洪度，与卓文君、花蕊夫人和黄峨并称巴蜀四大才女。她辩慧知诗，一生作诗500余首，为唐代女诗人之冠；她以“女校书”[4]之名为世人称颂，与之唱和往来者足以绘出半部“诗唐”[5]；她灵心独运，创制诗笺风靡当时、垂馨千祀，成为中国笺纸文化的标杆；她一生爱竹，以竹喻己，所言之志“雅而有则，真而不秽”，所赋之诗“流传千载，得耀简编”[6]。

“锦江滑腻峨眉秀，幻出文君与薛涛。”[7]薛涛的一生与成都结下了不解之缘，其人与司马相如、扬雄、杨慎等彪炳千秋的蜀地诗家共誉乡曲，其诗与李白、杜甫、苏轼、陆游等伟大诗人在此写就的不朽诗篇同列汗青。“有唐三百年，人人能诗”[8]，唐代孕育了无数灿若星辰的诗坛大家，留下了浩如烟海的经典佳作，大唐的诗化时代与文明气象，相与有成，圆融一体。薛涛以诗词描摹锦绣成都的诗意风物，于歌咏中尽展蕙心兰质与隽永情怀，烙印着中华优秀传统文化丰富深厚的歌诗基因，融入了煌煌大唐磅礴的时代韵律；因笺而生、忆涛成园的望江楼古建筑群是为纪念薛洪度瞻仰咏怀之所，历代文人墨客在此寄情挥毫，连缀成诗意成都的绵远文脉，书写出文风鼎盛的锦绣华章。薛涛与望江楼，是成都这座国家首批历史文化名城、中国十大古都“既丽且崇”的文化瑰宝和精神源泉之一。

厚重的文脉延续性、磅礴的历史前进力推动着当代成都人自觉保护好、传承好薛涛及望江楼古建筑群的城市历史文化遗产，在新时代新征程中，汲古润今，薪火相传。鉴于此，成都各界与历史同行、与时代共舞，继承历代弘扬发展薛涛文化、永续传承城市文明的集体意志，充分挖掘和研究阐释薛涛及望江楼古建筑群的多重价值，策划实施了成都市望江楼公园展陈提升工作。

此次展陈提升以“以展见人，以人见城”为主旨，构建多种类型相辅相成的展览序列：在薛涛纪念馆恢复“万里桥边女校书”基本陈列，全方面客观呈现薛涛其人、其诗和斐然成就；于浣笺亭优化“制得彩笺好题诗”专题陈列，讲述中国造纸史上流光溢彩的韵事；在濯锦楼更新“江流千载濯文心”专题陈列，勾勒城市文脉延绵不绝的历史轨迹；于五云仙馆创制“锦城佳话”的瑰丽光影，艺术再现诗意成都的大美盛景。

为汇园内嘉美、集展外意趣，进一步以诗见人、以艺传神，编委会收集整理、甄别辑录薛涛存世诗作、望江楼公园馆藏书画碑刻以及薛涛年谱、望江楼古建筑群历史沿革、薛涛文化研究名家著述等，编撰了《万里桥边女校书——薛涛文化诗书画精编》，为薛涛文化爱好者和广大观众更多地展现薛涛及望江楼古建筑群的历史价值和其所承载的城市文脉，更好地了解薛涛文化研究概况，以及更直观地品味锦城诗韵提供便利。

“万物有所生，而独知守其根。”[9] 在成都砥砺前行，奋力建设世界文化名城、践行新发展理念的公园城市示范区和文化自信自强的社会主义现代化国际大都市的当下，只有不忘来时之路，紧攥“历史文化”这把锁钥，走进这座城市的内心，触摸兹人兹城的历史文脉，进而以小见大、见微知著，深入领悟中华文明连续、创新、统一、包容、和平的突出特性，唤醒承前启后、继往开来的历史自觉，方可真正掌握城市发展最基本、最深沉、最持久的力量。

《万里桥边女校书——薛涛文化诗书画精编》编委会

2023 年 6 月

1
语出先秦佚名《尚书·舜典》。

2
语出唐白居易《昨以拙诗十首寄西川杜相公相公亦以新作十首惠然报示首数虽等工拙不伦重以一章用伸答谢》。

3
语出清李调元《送朱子颖孝纯之蜀作宰》。

4
语出唐王建《寄蜀中薛涛校书》：“万里桥边女校书，枇杷花下闭门居。扫眉才子知多少，管领春风总不如。”

5
“诗唐”一词，语出民国闻一多《唐诗杂论》：“一般人爱说唐诗，我却要讲‘诗唐’。诗唐者，诗的唐朝也。”

6
语出清章学诚《文史通义·妇学》。

7
语出唐元稹《寄赠薛涛》。

8
语出明贺贻孙《诗筏》。

9
语出西汉刘安《淮南子·原道训》。

编纂说明

一、本书编纂内容时间范围从唐代到2022年，内容包含薛涛现存诗作、望江楼公园藏品选粹、薛涛年谱、望江楼古建筑群历史沿革和薛涛研究重要论著索引。

二、本书所录薛涛诗作，以清康熙年间扬州诗局刊《全唐诗》辑录薛涛诗77题、89首为基础，参考1983年人民文学出版社出版的张篷舟《薛涛诗笺》（以下简称《诗笺》）辑录70题、91首，并据《诗笺》“真伪诗考”增添《题从生假山》残诗1首，共计71题、92首。排列次序依循《诗笺》，以五绝、五律、六言、杂言、七绝、七律为序，同体裁内则先抒情诗、后唱和诗。版本异文依循《诗笺》，并参考《四库全书》本《唐诗纪事》《万首唐人绝句》《石仓历代诗选》《蜀中广记》《薛涛李冶诗集》，以及上海古典文学出版社影印本《又玄集》等，在注释中予以罗列。

三、为帮助读者更好地了解薛涛其人其诗，本书从人物、地名、用典以及民国以前历代诗评等方面对部分诗作进行简要注释。所注内容主要为：

（一）人物简要生平，若与薛涛有交集或在四川留有足迹则简要说明。

（二）历史地名简介，一般只引用唐宋相关资料，并结合现有历史遗存、相关研究成果等点明今址。

（三）艰深词语的浅释，部分引出处，或举唐宋时人用句为例。一字数义、一词数解时，采用最贴切的一解作注，并尽量利用前人注释资料。

（四）典故一般只引出处，或举唐宋时人用典为例。

（五）历代诗评只引出处。

四、本书围绕664件/套望江楼公园藏品，聚焦薛涛及望江楼古建筑群历史文化内涵，精选书画46幅、楹联匾额24件/套、碑刻拓片12件/套、薛涛笺11件等精品，共计93件/套。各类藏品排列次序均按作者生年先后，仅《关山月吟诗楼图轴》为“镇园之宝”，特位列书画类藏品首位。同作者作品按内容题材排序，先薛涛、次望江楼古建筑群、后巴蜀自然人文。

五、本书附录所录薛涛年谱、望江楼古建筑群历史沿革主要参考《诗笺》，彭芸荪《望江楼志》，汪洪亮、汪辉秀、周渝霞编著《望江楼史话》以及相关研究论著。

六、为方便读者进一步了解薛涛研究基本概况和相关重要论点，本书附录收录张篷舟《诗笺》“自序”、祁和晖《唐代女诗人薛涛传奇人生要事论辩》、谢元鲁《薛涛百年研究述略》三篇（部分异字尊重原著，未作修改），并遴选1912年以来薛涛研究重要论著150余篇制成索引，以便查阅。

七、薛涛文化研究领域百花齐放，薛涛文化的内涵与外延也随时代发展而不断丰富，但由于本书篇幅有限，仅整理收录了目前主要研究成果，部分薛涛研究课题和学术观点仍待深化研究，无法在书中一一呈现，期待未来薛涛文化研究范围和研究深度进一步发展。本书在编纂过程中的疏漏之处，恳请读者指正。

总目

240 第三部分 附录

大唐是中国诗歌文化最辉煌灿烂的时代，也是精品迭出、名家汇聚的时代。纵观薛涛一生，“文采风流”“驰名当世”，不仅与中唐诗歌冷峻沉雄的发展历程高度重合，更亲历了唐代诗歌从盛唐理想豪迈到中晚唐现实澹然的历史嬗变。

薛涛在世时“历事十一节度，皆以诗见重”“以女校书驰名当世”，名重一时，是唐代留存诗作最多的女诗人，一生作诗500余首，现存诗作92首。后世主流评价较高，更位列蜀中四大才女，成为“蜀女多才”这一独特文化现象的核心代表人物之一。

薛涛诗

第一部分

薛涛诗

七十一题　九十二首

滿袖滿頭兼滿把教人
識是看花歸

句

枝迎南北鸟，
叶送往来风。

注

按清《全唐诗》作《句》，明曹学佺《石仓历代诗选》、清《四库全书·薛涛李冶诗集》等皆作《续父井梧吟》。南宋章渊《稿简赘笔》："涛八九岁知声律，其父一日坐亭中，指井梧示之曰：'庭除一古桐，耸干入云中。'令涛续之。应声曰：'枝迎南北鸟，叶送往来风。'"

鸳鸯草

绿英满香砌，
两两鸳鸯小。
但娱春日长，
不管秋风早。

注

鸳鸯草：又名忍冬、金银花。北宋宋祁《益部方物略记》：“鸳鸯草，春叶既生，其稚花在叶中，两两相向，如飞鸟对翔。”

砌：台阶。《说文解字》：“阶甃也。”

池上双鸟

双栖绿池上，
朝暮共飞还。
更忆将雏日，
同心莲叶间。

注

按《全唐诗》作《池上双鸟》，《薛涛李冶诗集》作《池上双凫》。

“朝暮共飞还”，南宋洪迈《万首唐人绝句》作“朝去暮飞还”。

风

猎蕙微风远，
飘弦唳一声。
林梢明淅沥，
松径夜凄清。

注

“明”，按《全唐诗》作“鸣”，此处据明嘉靖本《万首唐人绝句》改。

猎：经过。先秦宋玉《风赋》：“猎蕙草，离秦衡。”李善注：“猎，历也。”

淅沥：树叶震动的声音。唐韦应物《楼中阅清管》：“淅沥危叶振，萧瑟凉气生。”

月

魄依钩样小，
扇逐汉机团。
细影将圆质，
人间几处看。

注

魄：月始生或将灭时的微光。西汉扬雄《法言》：“月未望，则载魄于西；既望，则终魄于东。”

扇：传西汉班婕妤《怨诗》：“新裂齐纨素，鲜洁如霜雪。裁为合欢扇，团团似明月。”南北朝萧衍《团扇歌》：“手中白团扇，净如秋团月。”

蝉

露涤清音远，
风吹故叶齐。
声声似相接，
各在一枝栖。

注

“清音”，《万首唐人绝句》作“音清”。

“故叶”，《全唐诗》作“数叶”，此处据《万首唐人绝句》《石仓历代诗选》等改。

春望词 四首

花开不同赏，花落不同悲。
欲问相思处，花开花落时。

揽草结同心，将以遗知音。
春愁正断绝，春鸟复哀吟。

风花日将老，佳期犹渺渺。
不结同心人，空结同心草。

那堪花满枝，翻作两相思。
玉箸垂朝镜，春风知不知。

注

“揽”，《石仓历代诗选》作“槛”。

明钟惺《名媛诗归》：“细讽四诗，觉有‘望’字意在。若率然读去，但知其幽恨，不知其怅叹。”

罚赴边有怀上韦令公

二首

闻道边城苦，
而今到始知。
羞将门下曲，
唱与陇头儿。

黠虏犹违命，
烽烟直北愁。
却教严谴妾，
不敢向松州。

注

《全唐诗》：“一作《陈情上韦令公》，又作《上元相公》。”

韦令公：韦皋，字城武，长安人，中唐名臣、诗人，自贞元元年（785）任剑南西川节度使，镇蜀二十一年。薛涛及笄时被召侍酒赋诗、入乐籍及罚赴松州（今四川松潘），均在韦皋镇蜀初期。

“而今”，《全唐诗》作“今来”，此处据五代韦庄《又玄集》改。

门下：犹“门第”，多指称权贵之家。唐赵嘏《陪韦中丞宴扈都头花园》：“门下烟横载酒船，谢家携客醉华筵。”

陇头：陇山，即今甘肃省六盘山南段的别称，汉有陇关，乃河西走廊之关要，故有汉乐府名《陇头》，后世多借指边塞。南北朝陆凯《赠范晔诗》：“折花逢驿使，寄与陇头人。”

“却教”，《全唐诗》作“羞将”，此处据《又玄集》《石仓历代诗选》《薛涛李冶诗集》等改。

松州：唐剑南道下辖州，即今四川阿坝藏族自治州松潘县一带。唐代此地多与吐蕃兵戈，唐杜甫《黄草》：“莫愁剑阁终堪据，闻道松州已被围。”

明杨慎《升庵诗话》、清宋长白《柳亭诗话》皆言此诗为薛涛于高骈筵上闻边报作。按高骈唐乾符二年（875）始镇蜀，去薛涛亡故（832）已四十余年，当误。

《名媛诗归》：“一诗如边城画角，别是一番哀怨。”

幽声遥泻十丝弦
薛涛诗句 建吴写

芝蘭同臭味

辭源詩句 庚申夏 建吳寫

宣上人见示与诸公唱和

许厕高斋唱，
涓泉定不如。
可怜谯记室，
流水满禅居。

注

宣上人：僧广宣，按《全唐诗》："广宣，姓廖氏，蜀中人，与刘禹锡最善。元和、长庆两朝，并为内供奉，赐居安国寺红楼院，有《红楼集》。"

厕：参与，间次。《史记·乐毅传》："厕之宾客之中。"

记室：官名，东汉始置，掌章表书记文檄。后世因之。或称记室督、记室参军等。

酬人雨后玩竹

南天春雨时，
那鉴雪霜姿。
众类亦云茂，
虚心宁自持。
多留晋贤醉，
早伴舜妃悲。
晚岁君能赏，
苍苍劲节奇。

注

“宁”，按《全唐诗》作“能”，此处据北宋李昉《文苑英华》改。

晋贤：魏晋之间阮籍、嵇康、山涛、向秀、阮咸、王戎、刘伶相与友善，常宴集于竹林之下，时人号为竹林七贤，后世简称晋贤。唐牟融《题竹》：“潇洒碧玉枝，清风追晋贤。”

舜妃：娥皇、女英，西晋张华《博物志》：“尧之二女，舜之二妃，曰湘夫人。舜崩，二妃啼，以涕挥竹，竹尽斑。”

浣花亭陪川主王播相公暨寮同赋早菊

西陆行终令，
东篱始再阳。
绿英初濯露，
金蕊半含霜。
自有兼材用，
那同众草芳。
献酬樽俎外，
宁有惧豺狼。

注

此首诸本不载，张篷舟《薛涛诗笺》据南宋赵孟奎《分门纂类唐歌诗》宋刻残本第六册《草木虫鱼类》卷五补。

浣花亭：唐宋时期成都浣花溪名胜，唐张周封《华阳风俗录》：“浣花亭，在州西南。”唐卢求《成都记》：“（草堂寺）在府西七里，去浣花亭二里。”北宋崀琳《和运使学士浣花亭韵》：“傍萦浣花溪，中开布金地。杜宅岿遗址，任祠载经祀。”

王播：字明敭，扬州人，元和十三年至长庆元年（818-821）出任剑南西川节度使。

西陆：指秋天，西晋司马彪《续汉书》：“日行西陆谓之秋。”

东篱：东晋陶潜《饮酒二十首》之五：“采菊东篱下，悠然见南山。”后因以指菊圃。

兼材：亦作“兼才”。菊可供药用、除虫、油料、染色、观赏等诸般用处。

樽俎：本指古代盛酒食的器皿，樽以盛酒，俎以盛肉，后世借指宴席。杜甫《所思》：“苦忆荆州醉司马，谪官樽俎定常开。”

咏八十一颗

色比丹霞朝日，
形如合浦圆珰。
开时九九知数，
见处双双颉颃。

注

合浦：古郡名，汉置，郡治在今广西壮族自治区合浦县东北，县东南有珍珠城，又名白龙城，以产珍珠著名。

“圆珰”，按《全唐诗》作“篔筜”，此处据《万首唐人绝句》改。圆形玉耳环。

颉颃：鸟飞上下貌，先秦《诗经·邶风·燕燕》：“燕燕于飞，颉之颃之。”唐许浑《孤雁》：“昔年双颉颃，池上靄春晖。”

四友赞

磨润色先生之腹，
濡藏锋都尉之头。
引书媒而黯黯，
入文亩以休休。

注

此首《全唐诗》不载，据北宋陶谷《清异录》补。《录》“藏锋都尉”条曰：“蜀多文妇，亦风土所致。元微之素闻薛涛名，因奉使使见焉。微之矜持笔砚，涛走笔作《四友赞》，其略曰：……微之惊服。传记止载‘菖蒲花发五云高’之句而遗此，故录之。”按，四句分指砚、笔、墨、纸。

柳絮

二月杨花轻复微，
春风摇荡惹人衣。
他家本是无情物，
一向南飞又北飞。

注

“一向”，《全唐诗》作“一任”，此处据五代韦縠《才调集》改。

《名媛诗归》：“‘他家’‘一向’，本是俗语，灵心映带，便觉飘洒不尽。”

金灯花

阑边不见蘘蘘叶，
砌下惟翻艳艳丛。
细视欲将何物比，
晓霞初叠赤城宫。

注

金灯花：山慈姑之别称，唐段成式《酉阳杂俎》：“金灯，一曰九形，花叶不相见，俗恶人家种之，一名无义草。”

蘘：东汉许慎《说文解字》：“蘘荷也。”南北朝陶弘景《本草经集注》：“今人呼赤者为蘘荷。”

赤城宫：指帝王宫城，因城墙红色，故称。唐王勃《临高台》：“东弥长乐观，西指未央宫。赤城映朝日，绿树摇春风。”又或指天上仙境。南北朝庾信《奉答赐酒》：“仙童下赤城，仙酒饷王平。”

朱槿花

红开露脸误文君，
司蒡芙蓉草绿云。
造化大都排比巧，
衣裳色泽总薰薰。

注

此首《全唐诗》不载，《薛涛诗笺》据《分门纂类唐歌诗》宋刻残本第六册《草木虫鱼类》卷五补。

朱瑾花：开红花的扶桑。按晋嵇含《南方草木状》，朱槿花茎叶皆如桑，二月开花，至中冬即歇，花深红色，大如蜀葵；明李时珍《本草纲目》，扶桑产南方，乃木槿别种，其花有红、黄、白三色，红者尤贵，呼为朱槿。唐李绅《朱槿花》："瘴烟长暖无霜雪，槿艳繁花满树红。每叹芳菲四时厌，不知开落有春风。"

文君：卓文君，汉蜀郡临邛富翁卓王孙之女，貌美，有才学。后以指代美女，唐温庭筠《锦城曲》："巴水漾情情不尽，文君织得春机红。"

"草绿云"一句，《分门纂类唐歌诗》宋刻残本作"司蒡芙蓉草录云"，张蓬舟《薛涛诗笺》以为"司蒡"难解，据清阮元《宛委别藏》影印写本改作"□□芙蓉草绿云"。

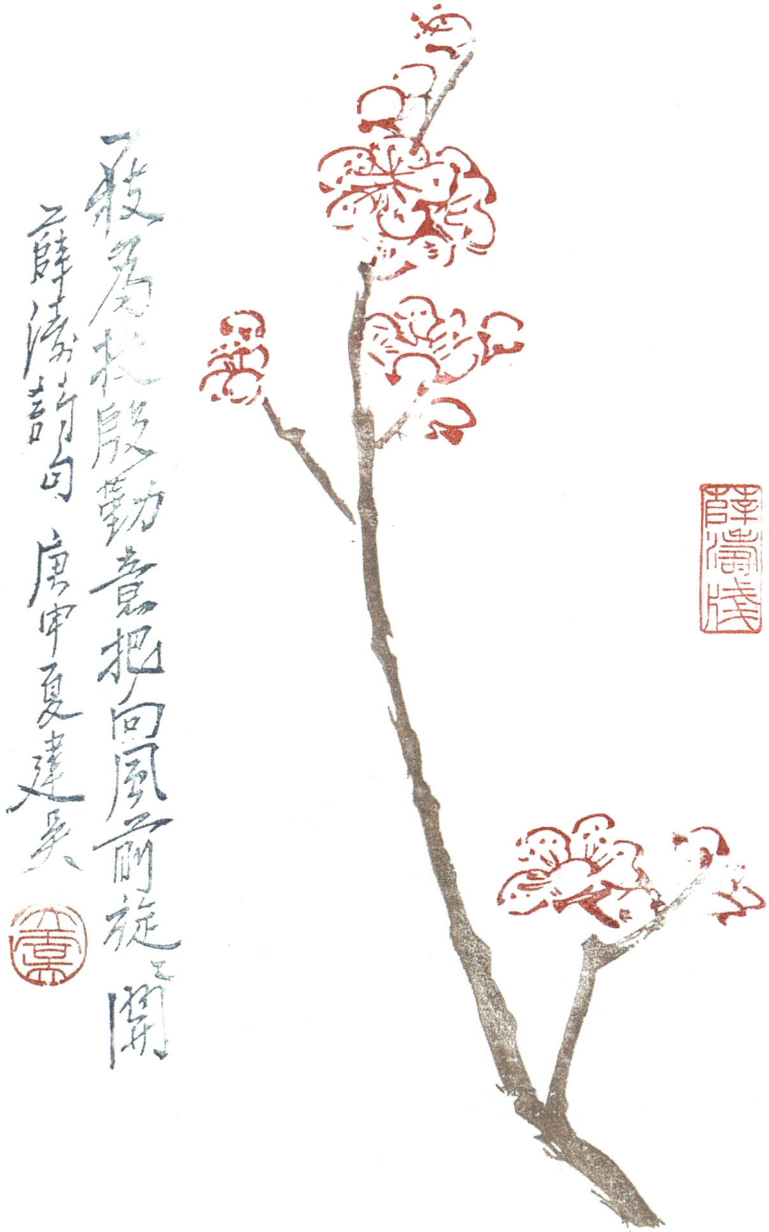

一枝爲枝殷勤意把向風前旋旋開
薛濤詩句 庚申夏建英
薛濤箋

忆荔枝

传闻象郡隔南荒，
绛实丰肌不可忘。
近有青衣连楚水，
素浆还得类琼浆。

注

象郡：郡名，秦置，《史记·始皇本纪》："及至秦王……南取百越之地，以为桂林、象郡。"辖域包括今广东西部、广西西南部和越南中北部。

青衣：青衣江，一称雅河，大渡河支流，位于四川省中部。南北朝郦道元《水经注》："青衣水出青衣县西蒙山，东与沫水合也。"沫水即今大渡河，青衣江于嘉州（今四川乐山）汇大渡河后入岷江。按，北宋吴中复《戒石》："嘉州出荔枝。"

楚水：泛指古楚地之江河湖泽。南北朝庾信《三月三日华林园马射赋》："横弧于楚水之蛟，飞镞于吴亭之虎。"按，青衣江于嘉州汇大渡河、后入岷江，岷江于戎州（今四川宜宾）汇长江，东向过三峡入楚地。

秋泉

冷色初澄一带烟，
幽声遥泻十丝弦。
长来枕上牵情思，
不使愁人半夜眠。

采莲舟

风前一叶压荷蕖，
解报新秋又得鱼。
兔走乌驰人语静，
满溪红袂棹歌初。

注

荷蕖：亦作“芙渠”，荷花之别名。《尔雅·释草》：“荷，芙渠。”

兔走乌驰：乌、兔即金乌、玉兔，代指日、月，言日月轮转，时光流逝。

红袂：红袖，唐白居易《秦中吟·五弦》：“清歌且罢唱，红袂亦停舞。”

棹歌：行船时所唱之歌，西汉刘彻《秋风辞》：“箫鼓鸣兮发棹歌，欢乐极兮哀情多。”又有“棹歌曲”，乐府相和歌辞瑟调曲名。

菱荇沼

水荇斜牵绿藻浮，
柳丝和叶卧清流。
何时得向溪头赏，
旋摘菱花旋泛舟。

注

水荇：多年生水草，浮在水面，嫩时可食。《诗经·周南·关雎》："参差荇菜，左右流之。"杜甫《曲江对雨》："林花著雨燕支湿，水荇牵风翠带长。"

菱花：一年生水生草，叶子略呈三角形，夏天开花，果实可供食用。南北朝司马昱《采菱曲》："菱花落复含，桑女罢新蚕。"

江边

西风忽报雁双双，
人世心形两自降。
不为鱼肠有真诀，
谁能夜夜立清江。

注

“雁”，按《万首唐人绝句》《薛涛李冶诗集》等作“燕”。

“夜夜”，按《全唐诗》作“梦梦”，此处据《万首唐人绝句》改。

鱼肠：书信，唐李峤《素》：“鱼肠远方至，雁足上林飞。”

九日遇雨 二首

万里惊飙朔气深，
江城萧索昼阴阴。
谁怜不得登山去，
可惜寒芳色似金。

茱萸秋节佳期阻，
金菊寒花满院香。
神女欲来知有意，
先令云雨暗池塘。

注

惊飙：骤然狂风，三国曹植《吁嗟篇》：“卒遇回风起，吹我入云间。……惊飙接我出，故归彼中田。”

朔气：北方寒气，南北朝《木兰辞》：“朔气传金柝，寒光照铁衣。”

茱萸秋节：指重阳节。古俗于重阳节佩茱萸，能祛邪辟恶。唐王维《九月九日忆山东兄弟》：“遥知兄弟登高处，遍插茱萸少一人。”

听僧吹芦管

晓蝉呜咽暮莺愁，
言语殷勤十指头。
罢阅梵书劳一弄，
散随金磬泥清秋。

注

“劳”，按《全唐诗》作“聊”，此处据《万首唐人绝句》《薛涛李冶诗集》等改。

试新服裁制初成

三首

紫阳宫里赐红绡，
仙雾朦胧隔海遥。
霜兔毳寒冰茧净，
嫦娥笑指织星桥。

九气分为九色霞，
五灵仙驭五云车。
春风因过东君舍，
偷样人间染百花。

长裾本是上清仪，
曾逐群仙把玉芝。
每到宫中歌舞会，
折腰齐唱步虚词。

注

毳：鸟兽细毛。《说文解字》："兽细毛也。"

冰茧：按东晋王嘉《拾遗记》："员峤山，一名环丘。……有冰蚕长七寸，黑色，有角有鳞，以霜雪覆之，然后作茧，长一尺，其色五彩，织为文锦，入水不濡，以之投火，经宿不燎。"

织星桥：又名"星桥"，即鹊桥。唐张文恭《七夕》："星桥百枝动，云路七香飞。"

九气：又名"九素"，道教术语。道教认为先天有玄、元、始三气，三气又各化生三气，合成九气，为万物之源。北宋张君房《云笈七签》："太初天中有华景之宫，宫有自然九素之气，气烟乱生，雕云九色。"

五灵：指麟、凤、神龟、龙、白虎五种神兽仙禽。

五云车：仙人所乘的云车。王维《奉和圣制幸玉真公主山庄因题石壁十韵之作应制》："还瞻九霄上，来往五云车。"

东君：司春之神。韦庄《和李秀才郊墅早春吟兴十韵》："暖律变寒光，东君景渐长。"

上清仪：道教仪轨名，南北朝《无上秘要》卷四十有"授洞真上清仪品"条。唐《上清众经诸真圣秘》："修行上清仪。日月中央有女子，头建紫华芙蓉灵冠，身被朱锦帔裙。"

步虚词：唐吴兢《乐府古题要解》："步虚词，道观所唱，备言众仙缥缈轻举之美。"

王家山水畫圖中
薛濤詩 庚申五月馮建吳

千疊雲峰萬頃湖
薛濤詩句

斛石山书事

王家山水画图中，
意思都卢粉墨容。
今日忽登虚境望，
步摇冠翠一千峰。

注

斛石山：一名学射山、威凤山，即今成都市金牛区凤凰山。北宋乐史《太平寰宇记》：“学射山一名斛石山，在县北十五里。”

王家山水：一说是指王维山水画。王维，字摩诘，唐河东人，书画特臻其妙，后人推其为南宗山水画之祖，苏轼曾赞其诗中有画、画中有诗。一说是王宰山水画。王宰，唐西蜀人，善画山水树石，多画蜀山，玲珑巧峭。北宋李昉《太平广记》：“贞元中，韦皋以客礼待之，画山水树石，出于象外。”杜甫《戏题画山水图歌》：“十日画一水，五日画一石。能事不受相促迫，王宰始肯留真迹。”

都卢：此处作“笼统”“不过”解，白居易《赠邻里往还》：“骨肉都卢无十口，粮储依约有三年。”另，古国名，在南海一带，国中之人善爬竿之技，东汉张衡《西京赋》：“非都卢之轻趫，孰能超而究升。”后借指爬杆戏，唐卢仝《守岁》：“不及儿童日，都卢不解愁。”

西岩

凭阑却忆骑鲸客，
把酒临风手自招。
细雨声中停去马，
夕阳影里乱鸣蜩。

注

西岩：按明曹学佺《蜀中广记》所载，简州（今简阳）、资中、阆中、蓬州（今蓬安）等地皆有西岩。另，明陈仁锡《潜确居类书》：“太白岩在夔州府万县西山，上有‘绝尘龛’三字在石壁，有唐人诗刻。相传太白读书于此。”

骑鲸客：又称骑鲸李，后人诗文中常用以特指李白。北宋苏轼《和陶郭主簿》：“愿因骑鲸李，追此御风列。”

蜩：蝉，《诗经·豳风·七月》：“五月鸣蜩。”

题竹郎庙

竹郎庙前多古木，
夕阳沉沉山更绿。
何处江村有笛声，
声声尽是迎郎曲。

注

竹郎庙：《蜀中广记》：“《志》云（荣县）邑东荣川即古遁水，河岸有竹王祠，盖以祀夜郎王者。《蜀记》（东晋常璩《华阳国志》）云昔有女人于溪浣纱，有大竹流水上，触之有孕，后生一子，自立为王，以竹为姓。汉武使唐蒙伐牂柯、斩竹王，土人不忘其本，立竹王庙，岁必祠之，不尔为人患。”

《名媛诗归》：“‘更绿’二字，在沉沉中想象出来，不必映带在木，已复深杳。语气一直说下，愈缓愈悲。”

赋凌云寺 二首

闻说凌云寺里苔，
风高日近绝纤埃。
横云点染芙蓉壁，
似待诗人宝月来。

闻说凌云寺里花，
飞空绕磴逐江斜。
有时锁得嫦娥镜，
镂出瑶台五色霞。

注

凌云寺：位于乐山凌云山上，唐开元初建，为乐山大佛所在，故又名大佛寺。

宝月：释宝月，南朝萧齐时期诗僧。

海棠溪

春教风景驻仙霞，
水面鱼身总带花。
人世不思灵卉异，
竞将红缬染轻沙。

注

海棠溪：有重庆海棠溪，三国谯周《三巴记》："县下有清水穴……穴之右为海棠溪，溪植花木，当夏涨时，拏舟深入，可数里而得幽胜矣。"有四川阆中海棠溪，南宋祝穆《方舆胜览》："在州城对，江多海棠。"有成都青城山海棠溪，明杨慎《蜀志补罅》："青城山有一百八景，风日佳时登储福宫，望之历历可数……曰海棠溪。"

罚赴边上武相公

二首

萤在荒芜月在天，
萤飞岂到月轮边。
重光万里应相照，
目断云霄信不传。

按辔岭头寒复寒，
微风细雨彻心肝。
但得放儿归舍去，
山水屏风永不看。

注

《全唐诗》注：“见《吟窗杂录》。”

“武相公”，按《全唐诗》作“武相公”，《薛涛诗笺》以为应作“韦相公”。

重光：指日月。三国司马懿《歌》：“天地开辟，日月重光。”

儿：古代青年女性自称。

山水屏风：唐开元初，宰相宋璟写《尚书·无逸》篇，玄宗立为屏风，朝夕相对，颇自振作。及宋璟罢相，改立山水屏风，渐趋骄侈。

十离诗 十首

其一 · 犬离主

驯扰朱门四五年，
为知人意得人怜。
无端咬著亲情客，
不得红丝毯上眠。

其二 · 笔离手

越管宣毫始称情，
红笺纸上撒花琼。
都缘用久锋头尽，
不得羲之手里擎。

注

《十离诗》，五代王定保《唐摭言》、南宋计有功《唐诗纪事》载为元稹幕客薛书记作，五代何光远《鉴诫录》载为薛涛所作。《又玄集》载《犬离主》一首，为薛陶作，“陶”当为“涛”之误。

驯扰：驯服。唐储光羲《牧童词》：“所念牛驯扰，不乱牧童心。”另，《又玄集》作“出入”。

“为知人意”，按《唐摭言》《万首唐人绝句》《全唐诗》等作“毛香足净”，此处据《又玄集》改。

“无端”，北宋阮阅《诗话总龟》作“只因”，《又玄集》作“近缘”。

“亲情客”，《又玄集》作“亲知客”。《全唐诗》：“涛因醉争令，掷注子误伤相公犹子，去幕，故云。”

注

越管宣毫：越竹所制笔管、宣城所产兔毫，此处代指品质优良的毛笔。

其三 · 马离厩

雪耳红毛浅碧蹄，
追风曾到日东西。
为惊玉貌郎君坠，
不得华轩更一嘶。

其四 · 鹦鹉离笼

陇西独自一孤身，
飞去飞来上锦茵。
都缘出语无方便，
不得笼中再唤人。

注

追风：骏马名。西晋崔豹《古今注》："秦始皇有七名马：一曰追风，二曰白兔，三曰蹑景，四曰奔电，五曰飞翮，六曰铜爵，七曰神凫。"此处形容马行之速。

注

陇西：古地区名，又称"陇右"，今甘肃省六盘山以西、黄河以东一带。（传）先秦《禽经》："鹦鹉摩背而瘖。"张华注："鹦鹉出陇西，能言鸟也。"

锦茵：锦制垫褥。西晋潘岳《寡妇赋》："易锦茵以苫席兮，代罗帱以素帷。"刘良注："茵，褥也……言居夫丧，故以苫席易锦褥。"

傳情每向馨香得不語
還應彼此知

其五 · 燕离巢

出入朱门未忍抛，
主人常爱语交交。
衔泥秽污珊瑚枕，
不得梁间更垒巢。

注

交交：鸟鸣声。《诗经·秦风·黄鸟》：“交交黄鸟，止于棘。”

其六 · 珠离掌

皎洁圆明内外通，
清光似照水晶宫。
只缘一点玷相秽，
不得终宵在掌中。

注

“只缘”，《唐摭言》《万首唐人绝句》等作“都缘”。

玷：珠玉上的斑点。唐陈子昂《座右铭》：“白圭玷可灭，黄金诺不轻。”

其七 · 鱼离池

戏跃深池四五秋，
常摇朱尾弄纶钩。
无端摆断芙蓉朵，
不得清波更一游。

其八 · 鹰离鞲

爪利如锋眼似铃，
平原捉兔称高情。
无端窜向青云外，
不得君王臂上擎。

注

“深池”，《唐摭言》《万首唐人绝句》等作“莲池”。

纶：钓丝。《全唐诗》：“一作银。”杜甫《赠王二十四侍御契四十韵》：“锦里残丹灶，花溪得钓纶。”

注

鞲：驾鹰的皮制臂套。

其九 · **竹离亭**

蓊郁新栽四五行，
常将劲节负秋霜。
为缘春笋钻墙破，
不得垂阴覆玉堂。

其十 · **镜离台**

铸泻黄金镜始开，
初生三五月徘徊。
为遭无限尘蒙蔽，
不得华堂上玉台。

注

蓊郁：形容植物茂盛。白居易《和答诗·答桐花》：“山木多蓊郁，兹桐独亭亭。”

注

“徘徊”，按《全唐诗》作“裵回”，此处据《唐摭言》《万首唐人绝句》等改。

玉台：玉饰的镜台。唐王昌龄《朝来曲》：“盘龙玉台镜，唯待画眉人。”

赠韦校书

芸香误比荆山玉，
那似登科甲乙年。
澹沲鲜风将绮思，
飘花散蕊媚青天。

注

韦校书：或指韦正贯。韦正贯，字公理，唐长安人，韦皋弟韦平之子，长庆元年（821）举贤良方正能直言极谏科及第，除太子校书郎。

芸香：香草名，可入药，有驱虫之用。三国鱼豢《典略》："芸香辟纸鱼蠹，故藏书台称芸台。"又，校书郎亦称芸香吏，白居易《西明寺牡丹花时忆元九》："一作芸香吏，三见牡丹开。"

荆山玉：原指和氏璧，西晋棘据《杂诗》："予非荆山璞，谬登和氏场。"后泛指美玉，亦喻美玉良才。

登科甲乙：登科，指应考人被录取。甲乙，指射策，汉代考试取士方法之一，东汉班固《汉书·萧望之列传》："望之以射策甲科为郎。"颜师古注："射策者，谓为难问疑义书之于策，量其大小署为甲乙之科，列而置之，不使彰显。有欲射者，随其所取得而释之，以知优劣。射之，言投射也。对策者，显问以政事经义，令各对之，而观其文辞定高下也。"

"澹沲"，按《全唐诗》《万首唐人绝句》等作"澹地"，此处据《薛涛李冶诗集》改。形容水波荡漾。杜甫《醉歌行》："春光澹沲秦东亭，渚蒲牙白水荇青。"

酬辛员外折花见遗

青鸟东飞正落梅，
衔花满口下瑶台。
一枝为授殷勤意，
把向风前旋旋开。

注

青鸟：传说为西王母取食传信的神鸟。

瑶台：传说中的神仙居处。东晋王嘉《拾遗记》：“昆仑山有昆陵之地，其高出日月之上……傍有瑶台十二，各广千步，皆五色玉为台基。”

旋旋：渐渐，白居易《和薛秀才寻梅花同饮见赠》：“歌声怨处微微落，酒气熏时旋旋开。”

酬郭简州寄柑子

霜规不让黄金色，

圆质仍含御史香。

何处同声情最异，

临川太守谢家郎。

注

临川太守：一说是王羲之。王羲之，字逸少，东晋琅邪临沂人，曾任临川太守，其写与蜀地友人益州刺史周抚的草书合卷《十七帖》中有《黄柑帖》：“奉黄甘（柑）二百，不能佳。想故得至耳。船信不可得，不知前者至不？”

谢家郎：谢灵运族弟谢惠连有《甘赋》：“嘉寒园之丽木，美独有此贞芳。质萎蕤而怀风，性耿介而凌霜。拟夕霞以表色，指朝景以齐圆。悴萍实乎江介，超玉英于昆山。倾子节兮湘之区，承君玩兮堂之隅。濯雨兮冒霜，长无绝兮芬敷。”

和郭员外题万里桥

万里桥头独越吟，
知凭文字写愁心。
细侯风韵兼前事，
不止为舟也作霖。

注

万里桥：在成都市南，唐李吉甫《元和郡县图志》："万里桥，架大江水，在县南八里。蜀使费祎聘吴，诸葛亮祖之，祎叹曰：'万里之路，始于此桥。'因以为名。"唐王建《寄蜀中薛涛校书》："万里桥边女校书，枇杷花里闭门居。"

越吟：战国时越人庄舄仕楚，虽富贵不忘故国，病中吟越歌以寄乡思。事见《史记·张仪列传》。东汉王粲《登楼赋》："钟仪幽而楚奏兮，庄舄显而越吟。"后因以喻思乡忆国之情。

细侯：东汉郭伋，字细侯，贤明仁德，广有名声。为并州牧时，巡行西河，有数百儿童各骑竹马迎拜。

为舟作霖：先秦《尚书·商书·说命上》："若济巨川，用汝作舟楫；若岁大旱，用汝作霖雨。"唐杜牧《云》："莫隐高唐去，枯苗待作霖。"

送郑资州

雨暗眉山江水流，
离人掩袂立高楼。
双旌千骑骈东陌，
独有罗敷望上头。

注

此首按《全唐诗》《石仓历代诗选》等作“送郑眉州”，此处据《万首唐人绝句》《薛涛李冶诗集》等改。

双旌：唐节度领刺史者出行之仪仗，北宋欧阳修《新唐书·百官志》：“节度使掌总军旅，颛诛杀。初授，具帑抹兵仗诣兵部辞见，观察使亦如之。辞日，赐双旌双节。”

罗敷：古代美女名，西晋崔豹《古今注·音乐》：“《陌上桑》出秦氏女子。秦氏，邯郸人，有女名罗敷。”或为女子常用之名，不必实有其人，汉佚名《孔雀东南飞》：“东家有贤女，自名秦罗敷。”

雙棲池水上朝暮
共飛還更憶將雛
日同心蓮葉間

霜規不讓黃金色圓質仍含御史香
薛濤詩句
薛濤箋

江亭饯别

绿沼红泥物象幽，
范汪兼倅李并州。
离亭急管四更后，
不见车公心独愁。

注

此首《万首唐人绝句》作《江亭宴饯》。

范汪：字玄平，东晋南阳人，博学多通，为庾亮参军。桓温伐蜀，为荆州留府，后为徐、兖二州刺史。

倅：副。

“车公”，按《全唐诗》作“公车”，此处据《万首唐人绝句》改。车胤，字武子，东晋南平人，博学知名，桓温引为长史。唐房玄龄《晋书·车胤传》：“又善于赏会，当时每有盛坐而胤不在，皆云‘无车公不乐’。”

春郊游眺寄孙处士

二首

低头久立向蔷薇，
爱似零陵香惹衣。
何事碧鸡孙处士，
伯劳东去燕西飞。

今朝纵目玩芳菲，
夹缬笼裙绣地衣。
满袖满头兼手把，
教人识是看花归。

注

零陵香：灵香草，北宋沈括《梦溪笔谈》："零陵香，本名'蕙'，古之兰蕙是也。"又，零陵为古地名，唐淮南道下辖郡，在今湖南永州。

"碧鸡"，按《全唐诗》作"碧溪"，此处据《万首唐人绝句》改。碧鸡坊，成都里坊名，南北朝李膺《梁益记》："成都之坊，百有二十，第四曰碧鸡坊。"据《成都城坊古迹考》，唐代碧鸡坊在今成都市青羊区东胜街一带。杜甫《西郊》："时出碧鸡坊，西郊向草堂。"元费著《笺纸谱》："（薛涛）晚岁居碧鸡坊，创吟诗楼，偃息于上。"

"伯劳"，按《万首唐人绝句》《全唐诗》等作"百劳"，此处据《石仓历代诗选》改。伯劳，又名鵙、鴂，善鸣，萧衍《东飞伯劳歌》："东飞伯劳西飞燕，黄姑织女时相见。"

夹缬：我国古代印花染色之法。北宋王谠《唐语林》："因使工镂板为杂花，象之而为夹缬。"此处指杂花满树，如夹缬笼裙。

地衣：地毯，此处指落花满地，如锦绣地衣。

送姚员外

万条江柳早秋枝，
袅地翻风色未衰。
欲折尔来将赠别，
莫教烟月两乡悲。

注

姚员外：或指姚向。姚向，唐人，长庆初（821-822）事剑南西川段文昌幕府，为节度判官，后入朝为户部员外郎。

酬祝十三秀才

浩思蓝山玉彩寒，
冰囊敲碎楚金盘。
诗家利器驰声久，
何用春闱榜下看。

注

蓝山：蓝田山，亦称覆车山、玉山，位于今陕西蓝田县，以玉闻名。

楚金：楚地所产之良铁，东汉陈琳《武军赋》："其刃也，则楚金越冶。"

贼平后上高相公

惊看天地白荒荒，
瞥见青山旧夕阳。
始信大威能照映，
由来日月借生光。

注

高相公：高崇文，唐幽州人，宪宗元和元年（806）以讨刘辟功，授剑南西川节度使，封南平郡王。元和二年（807）冬，加同中书门下平章事，诗题称“相公”，当作于此后不久。

大威：帝王威严，一指天威。杜甫《承闻河北诸节度入朝欢喜口号绝句十二首》之十二：“十二年来多战场，天威已息阵堂堂。”

续嘉陵驿诗献武相国

蜀门西更上青天，
强为公歌蜀国弦。
卓氏长卿称士女，
锦江玉垒献山川。

注

续嘉陵驿诗：武元衡有《题嘉陵驿》诗："悠悠风旆绕山川，山驿空濛雨似烟。路半嘉陵头已白，蜀门西上更青天。"薛涛以武元衡原作尾句续之。嘉陵驿，按《方舆胜览》记载位于利州（今四川广元），清顾祖禹《读史方舆纪要》："又（广元）县西二里有高桥水驿，亦曰嘉陵驿，今曰问津水马驿，在县西门外。"

武相国：武元衡，字伯苍，唐缑氏人，武则天曾侄孙，宪宗元和二年（807）拜门下侍郎、平章事，封临淮郡公，旋出为西川节度使，八年（813）复入相。因力主削藩，遭藩镇忌恨，十年（815）六月早朝，为刺客杀害。南宋晁公武《郡斋读书志》："唐薛涛，洪度也，西川乐伎，工为诗，当时人多与酬赠，武元衡奏校书郎，大和中卒。"

蜀门：即剑门，位于今四川省广元市剑阁县北，亦代称蜀地。杜甫《木皮岭》："季冬携童稚，辛苦赴蜀门。"

蜀国弦：又名"四弦曲""蜀国四弦"，乐府相和歌辞名，南北朝萧纲、隋卢思道、唐李贺等均有此作。

卓氏长卿：卓氏，指卓文君；长卿，司马相如字。

玉垒：玉垒山，位于今成都都江堰北侧。西晋左思《蜀都赋》："廓灵关以为门，包玉垒而为宇。"

上川主武元衡相国

二首

落日重城夕雾收，
玳筵雕俎荐诸侯。
因令朗月当庭燎，
不使珠帘下玉钩。

东阁移尊绮席陈，
貂簪龙节更宜春。
军城画角三声歇，
云幕初垂红烛新。

注

玳筵：亦称玳瑁筵，谓豪华宴席，唐李峤《马武骑挽歌》：“池台金阙是，尊酒玳筵非。”

雕俎：一种雕绘木制礼器，祭享时以盛牺牲，南北朝鲍照《数诗》：“八珍盈彫俎，绮肴纷错重。”

庭燎：门内大烛。《诗经·小雅·庭燎》：“庭燎之光。”

东阁：原指东厢房，亦代称宰相招致、款待宾客之所，唐李商隐《九日》：“郎君官贵施行马，东阁无因再得窥。”

绮席：原指华丽席具，亦泛指盛美筵席，唐李世民《帝京篇》：“玉酒泛云罍，兰殽陈绮席。”

龙节：原指龙形符节，《周礼·地官·掌节》：“凡邦国之使节，山国用虎节，土国用人节，泽国用龙节。”后泛指奉王命出使者所持之节，唐刘长卿《奉饯郑中丞罢浙西节度还京》：“天上移将星，元戎罢龙节。”

画角：古管乐器，传自西羌，形如竹筒，本细末大，以竹木或皮革等制成，因表面有彩绘，故称。发声哀厉高亢，古时军中多用以警昏晓，振士气，肃军容。陈子昂《和陆明府赠将军重出塞》：“晚风吹画角，春色耀飞旌。”

摩诃池赠萧中丞

昔以多能佐碧油，
今朝同泛旧仙舟。
凄凉逝水颓波远，
惟有碑泉咽不流。

注

摩诃池：又名龙跃池，唐宋成都风景名胜，卢求《成都记序》：“隋蜀王秀筑广子城，因为池。有胡僧见之曰‘摩诃宫毗罗’，盖胡僧谓摩诃为大、宫毗罗为龙，谓此池广大有龙耳，因名摩诃池。”今成都市中心天府广场、东华门街一带有发现摩诃池遗址。

萧中丞：萧祜（《旧唐书》作“萧祐”），字佑之，唐兰陵人，历事高崇文、武元衡幕府，元和（806-820）末授兵部郎中，后曾任御史中丞，官终桂管防御观察使。为人闲澹贞退，善鼓琴赋诗，精画及书，名人高士多与之游。

碧油：碧油幢，青绿色油布帷幕，贵者乘车用。亦指青绿军帐，唐欧阳詹《咏德上太原李尚书》：“九重帝宅司丹地，十万兵枢拥碧油。”

“碑泉”，《蜀中广记》作“碑前”。

露滌清音遠

薛濤詩句庚申馮遠吳繪

乡思

峨嵋山下水如油，
怜我心同不系舟。
何日片帆离锦浦，
棹声齐唱发中流。

注

按《全唐诗》此首下注曰："用前韵，此首补入。"

不系舟：喻自由而无所牵挂，《庄子·列御寇》："巧者劳而知者忧，无能者无所求，饱食而敖游，汎若不系之舟，虚而敖游者也。"亦喻漂泊无定，白居易《想东游五十韵》："去去无程客，行行不系舟。"

锦浦：锦浦里，成都里坊名，北宋赵抃《成都古今记》："唐乾符中，蜀州刺史李师泰理第于锦浦里北门，西与李冰祠邻。"

送卢员外

玉垒山前风雪夜，
锦官城外别离魂。
信陵公子如相问，
长向夷门感旧恩。

注

卢员外：卢士玫，唐范阳人，历事剑南西川韦皋、武元衡幕幕府。元和八年（813）武元衡离蜀，再度拜相，后卢士玫以文儒进为吏部员外郎。

信陵公子：战国魏安釐王异母弟，名无忌，封信陵君，战国四公子之一。此处代指武元衡。

夷门：战国时魏国都城大梁城东门。信陵君门客侯嬴，为夷门抱关吏，教信陵君窃符救赵。

斛石山晓望寄吕侍御

曦轮初转照仙扃，
旋擘烟岚上窅冥。
不得玄晖同指点，
天涯苍翠漫青青。

注

斛石山：见《斛石山书事》诗注。

曦轮：太阳，古以羲和为日神。唐佚名《郊庙歌辞·唐朝日乐章·送神》："明鉴万宇，照临兆人。永流洪庆，式动曦轮。"

扃：原指门闩，后泛指门户。

窅冥：深远难见。

玄晖：谢朓，字玄晖，南齐阳夏人，善草隶，长五言诗，南朝文坛领袖沈约评价"二百年来无此诗也"。后世常以指有文才之人。唐清江《月夜有怀黄端公兼简朱孙二判官》诗："屡向曲池陪逸少，几回戎幕接玄晖。"

寄词

菌阁芝楼杳霭中，
霞开深见玉皇宫。
紫阳天上神仙客，
称在人间立世功。

注

菌阁芝楼：形如菌芝的楼阁。西汉王褒《九怀·匡机》："菌阁兮蕙楼，观道兮从横。"

紫阳：道教有紫阳真人周义方。此处泛指修仙求道之人。李白《忆旧游寄谯郡元参军》："紫阳之真人，邀我吹玉笙，餐霞楼上动仙乐，嘈然宛似鸾凤鸣。"

送友人

水国蒹葭夜有霜，
月寒山色共苍苍。
谁言千里自今夕，
离梦杳如关塞长。

注

蒹葭：语出《诗·秦风·蒹葭》："蒹葭苍苍，白露为霜。所谓伊人，在水一方。"

别李郎中

花落梧桐凤别凰，
想登秦岭更凄凉。
安仁纵有诗将赋，
一半音词杂悼亡。

注

李郎中：李程，字表臣，唐陇西人，李唐宗室。贞元十二年（796）进士，元和（806-820）中任剑南西川节度行军司马。元和十年（815）入朝任兵部郎中。

安仁：潘岳，字安仁，西晋荥阳人。美姿仪，文章辞藻绝丽，尤长于哀诔之文，有《悼亡》诗三首，为世传诵。

赠远 二首

芙蓉新落蜀山秋，
锦字开缄到是愁。
闺阁不知戎马事，
月高还上望夫楼。

扰弱新蒲叶又齐，
春深花落塞前溪。
知君未转秦关骑，
日照千门掩袖啼。

注

锦字：锦字书，即织锦回文诗。《晋书·列女传》："窦滔妻苏氏，始平人也，名蕙，字若兰。善属文。（窦）滔，苻坚时为秦州刺史，被徙流沙，苏氏思之，织锦为回文旋图诗对赠滔。"后世即称锦字为妻赠夫之书信，李白《久别离》："况有锦字书，开缄使人嗟。"

扰弱：柔弱。

"花落"，按《薛涛诗笺》笺注应作"花发"，菖蒲花初夏始开花，蜀地燠暖，可早至春深。

"日照"，按《全唐诗》作"月照"，此处据《万首唐人绝句》改。

寄张元夫

前溪独立后溪行，
鹭识朱衣自不惊。
借问人间愁寂意，
伯牙弦绝已无声。

注

张元夫：唐人，曾任剑南西川节度校书。元稹《贻蜀五首》其四《张校书元夫》有“未面西川张校书”句。

朱衣：唐四、五品官员所着的绯服。《旧唐书·舆服志》：“贞观四年又制，三品已上服紫，五品已下服绯。”

伯牙弦：即伯牙琴，先秦《吕氏春秋》：“伯牙鼓琴，钟子期听之，方鼓琴而志在太山，钟子期曰：‘善哉乎鼓琴，巍巍乎若太山。’少选之间，而志在流水，钟子期又曰：‘善哉乎鼓琴，汤汤乎若流水。’钟子期死，伯牙破琴绝弦，终身不复鼓琴。”

山色未能忘宋玉水声犹
是哭襄王

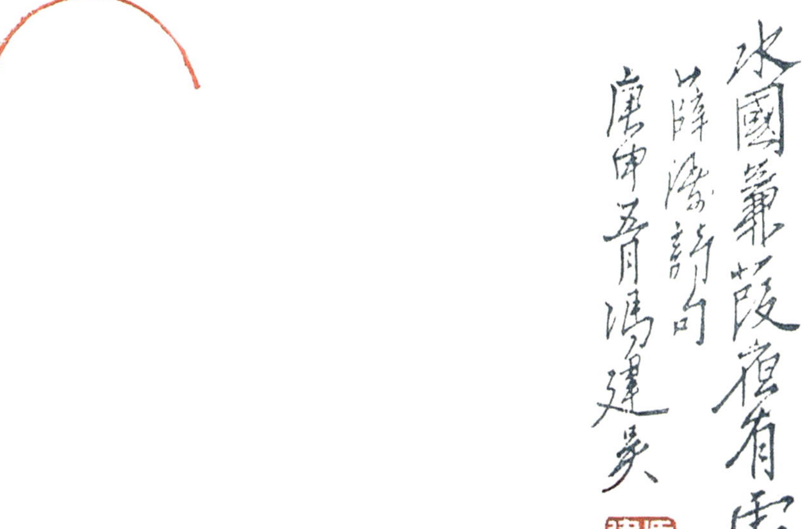
水國蒹葭夜有霜
薛濤詩句
庚申五月馮建吳

上王尚书

碧玉双幢白玉郎，
初辞天帝下扶桑。
手持云篆题新榜，
十万人家春日长。

注

王尚书：王播，详见《浣花亭陪川主王播相公暨寮同赋早菊》“王播”注。

碧玉双幢：播弟王起，字举之，有才名，长庆元年（821）迁礼部侍郎，数度为主考，《旧唐书》言其“掌贡二年，得士尤精”。该句言王播、王起兄弟并美，皆负时誉。

扶桑：传说日出于扶桑之下，拂其树杪而升，因谓为日出处。《说文解字》：“神木，日所出也。”此处代指朝廷。

云篆：道家符箓，亦借指道家典籍。唐司马承祯《修真精义杂论》：“夫符文者，云篆明章，神灵之书字也。”此处代指朝廷命令。

段相国游武担寺病不能从题寄

消瘦翻堪见令公，
落花无那恨东风。
侬心犹道青春在，
羞看飞蓬石镜中。

注

段相国：段文昌，字墨卿，一字景初，唐齐州临淄人，贞元十五年（799）入蜀依西川剑南节度使韦皋，官校书郎，历祠部员外郎、翰林学士等职，长庆初（821-823）为剑南西川节度使。大和六年（832）薛涛逝，时段文昌再镇蜀，为撰墓志。

武担：武担山为成都北门之胜。西汉扬雄《蜀王本纪》："武都丈夫化为女子……蜀王娶以为妻。……无几物故。蜀王发卒之武都担土，于成都郭中葬之，盖地三亩，高七丈，号曰武担。"六朝、唐、宋时期山上皆有佛寺，寺以山名。段文昌镇蜀，有《题武担寺西台诗》，时有杨汝士、温会、李敬伯、姚向、姚康等人从游唱和。

无那：无可奈何。

飞蓬：指枯后根断遇风飞旋的蓬草，此言鬓发散乱貌。

石镜：武担山上有石镜。杜甫《石镜》诗："蜀王将此镜，送死置空山。"

赠段校书

公子翩翩说校书，
玉弓金勒紫绡裾。
玄成莫便骄名誉，
文采风流定不如。

注

段校书：段成式，字柯古，段文昌之子，会昌三年（843）以父荫为秘书省校书郎，著有《酉阳杂俎》。北宋李畋《该闻录》：“段文昌镇成都，子成式好猎，丞相患之。成式以所获雉兔分送幕僚，各致书援引故事甚悉，幕僚多不晓其义，以呈丞相，方知其子博学。”

玄成：韦玄成，字少翁，西汉鲁国邹人，丞相韦贤少子，以父任为郎，《汉书·韦贤传》言其“守正持重不及父贤，而文采过之”。

和李书记席上见赠

翩翩射策东堂秀，
岂复相逢豁寸心。
借问风光为谁丽，
万条丝柳翠烟深。

注

射策：详见《赠韦校书》“登科甲乙”注。

送扶炼师

锦浦归舟巫峡云，
绿波迢递雨纷纷。
山阴妙术人传久，
也说将鹅与右军。

注

炼师：《唐六典》："而道士修行有三号：其一曰法师，其二曰威仪师，其三曰律师。其德高思精谓之炼师。"

右军：王羲之曾任右军将军、会稽内史，世称王右军。王羲之爱鹅，《晋书·王羲之列传》："山阴有一道士，养好鹅，羲之往观焉，意甚悦，固求市之。道士云：'为写《道德经》，当举群相赠耳。'羲之欣然写毕，笼鹅而归，甚以为乐。"

酬文使君

延英晓拜汉恩新，
五马腾骧九陌尘。
今日谢庭飞白雪，
巴歌不复旧阳春。

注

使君：汉代以之称刺史、太守，或为奉命出使者的尊称，后亦以代称州郡长官。

延英：延英殿，唐大明宫殿名，在延英门内，《旧五代史》："自（唐）上元年后，于长安东内置延英殿，宰臣如有奏议，圣旨或有特宣，皆于前一日上闻。对御之时，只奉冕旒，旁无侍卫。"白居易《和春深二十首》其三："诏借当衢宅，恩容上殿车。延英开对久，门与日西斜。"

五马：太守或州郡长官别称。汉佚名《陌上桑》："使君从南来，五马立踟蹰。"

谢庭白雪：此处薛涛以谢道韫自比。《晋书·列女传》："俄而雪骤下，（谢）安曰：'何所似也？'安兄子朗曰：'散盐空中差可拟。'道韫曰：'未若柳絮因风起。'"

巴歌、阳春：宋玉《对楚王问》："客有歌于郢中者，其始曰《下里》《巴人》，国中属而和者数千人。其为《阳阿》《薤露》，国中属而和者数百人。其为《阳春》《白雪》，国中有属而和者不过数十人。"

酬李校书

才游象外身虽远，
学茂区中事易闻。
自顾漳滨多病后，
空瞻逸翮舞青云。

注

象外：物象之外。东晋孙绰《游天台山赋》：“散以象外之说，畅以无生之篇。”

漳滨：漳水边，语出东汉刘桢《赠五官中郎将》其二：“余婴沉痼疾，窜身清漳滨。”刘桢，字公干，建安七子之一，曾任丞相掾属，与曹丕友善，以诗自叹卧病漳滨，后世因用“漳滨卧”为卧病他乡之典故。李商隐《梓州罢吟寄同舍》：“楚雨含情皆有托，漳滨多病竟无憀。”

逸翮：善飞之鸟的翎翅，亦指疾飞之鸟。白居易《劝酒》：“一朝逸翮乘风势，金榜高张登上第。”

酬雍秀才贻巴峡图

千叠云峰万顷湖，
白波分去绕荆吴。
感君识我枕流意，
重示瞿塘峡口图。

注

雍秀才：或指雍陶。雍陶，字国钧，唐成都人，大和八年（834）进士，善律诗、七绝。

枕流：即枕流漱石，喻隐居山林，南北朝刘义庆《世说新语》：“孙子荆年少时欲隐，语王武子‘当枕石漱流’，误曰‘漱石枕流’。王曰：‘流可枕石可漱乎？’孙曰：‘所以枕流，欲洗其耳；所以漱石，欲砺其齿。’”其时薛涛已至暮年，故作此隐逸语。

赠苏十三中丞

洛阳陌上埋轮气，
欲逐秋空击隼飞。
今日芝泥检征诏，
别须台外振霜威。

注

中丞：即御史中丞。

埋轮：张纲，字文纪，东汉犍为郡武阳人。顺帝时，大将军梁冀专权，朝政腐败。汉安元年（142）选派张纲等八人巡视全国，纠察吏治，余人皆受命之部，惟纲独埋其车轮于洛阳都亭，曰："豺狼当路，安问狐狸！"遂上书弹劾梁冀，揭露其罪恶，京都为之震动。后世以"埋轮"为不畏权贵、直言正谏之典。

芝泥：指古人缄封书札物件用的封泥，上盖印章，如后世之用火漆印。庾信《汉武帝聚书赞》："芝泥印上，玉匣封来。"

台：指御史台。

霜威：寒霜肃杀之威，故以喻御史台之权威。元稹《使东川·好时节》："身骑骢马峨眉下，面带霜威卓氏前。"

酬杨供奉法师见招

远水长流洁复清，
雪窗高卧与云平。
不嫌袁室无烟火，
惟笑商山有姓名。

注

雪窗高卧：袁安，字邵公，东汉汝南汝阳人。袁安微时居洛阳，三国周斐《汝南先贤传》：“时大雪积地丈余，洛阳令身出案行……至袁安门，无有行路。谓安已死，令人除雪入户，见安僵卧。问：‘何以不出？’安曰：‘大雪人皆饿，不宜干人。’令以为贤，举为孝廉。”

袁室：指袁安居室。

商山：秦末东园公、绮里季、夏黄公、甪里先生，避秦乱，隐商山，年皆八十有余，须眉皓齿，时称“商山四皓”。李白《商山四皓》：“白发四老人，昂藏南山侧。偃卧松雪间，冥翳不可识。”

酬杜舍人

双鱼底事到侬家，
扑手新诗片片霞。
唱到白蘋洲畔曲，
芙蓉空老蜀江花。

注

杜舍人：一说为杜牧。杜牧，字牧之，唐长安万年人，大和二年（828）进士及第，曾官中书舍人。一说为杜元颖，唐代名相杜如晦孙，贞元末进士及第，后入翰林，以手笔敏速为宪宗称赏，元和十五年（820）穆宗即位，进中书舍人，长庆三年（823）出镇剑南西川。

双鱼：指书信，语出东汉蔡邕《饮马长城窟行》："客从远方来，遗我双鲤鱼。呼儿烹鲤鱼，中有尺素书。"杜甫《送梓州李使君之任》："五马何时到，双鱼会早传。"

底事：指何事，唐刘肃《大唐新语》："况天子富有四海，立皇后有何不可，关汝诸人底事，而生异议！"

白蘋洲：白蘋，水中浮草，色白，古时男女常采蘋花赠别；洲，水中的陆地。另，湖州有白蘋洲。大和二年（828）十月，杜牧入沈传师幕府，先居洪州（今江西南昌）；大和四年（830）九月至大和七年（833）四月间居宣州（今安徽宣城）。唐代，宣州经歙州、睦州、杭州至扬州为驿路正途，湖州即在这一通途上。大和四年（830），杜牧受遣自宣州赴长安从王易简学造更漏，可能就经过了湖州。杜牧《题白蘋洲》诗有"无多圭组累，终不负烟霞"句。大中四年（850）秋，杜牧出湖州刺史，《题白蘋洲》或作于该年。薛涛逝于大和六年（832），所和当非该诗。

酬吴使君

支公别墅接花扃，
买得前山总未经。
入户剡溪云水满，
高斋咫尺蹑青冥。

注

“使君”，按《万首唐人绝句》《全唐诗》等作“随君”，此据《薛涛李冶诗集》改。

支公：东晋高僧支遁，字道林，时人称支公、林公。精研《庄子》《维摩》，擅清谈，曾隐居剡山（位于今浙江省绍兴市嵊州一带），当时名流谢安、王羲之等均与为友。

剡溪：曹娥江干流，流经浙江省绍兴市嵊州一段称剡溪。《太平寰宇记》：“剡溪在剡县南一百五十步。”

筹边楼

平临云鸟八窗秋，
壮压西川十四州。
诸将莫贪羌族马，
最高层处见边头。

注

筹边楼：《新唐书·李德裕列传》：“（大和四年十月）徙剑南西川……乃建筹边楼，按南道山川险要与蛮相入者图之左，西道与吐蕃接者图之右。其部落众寡，馈饵远迩，曲折咸具。乃召习边事者与之指画商订，凡虏之情伪尽知之。”《方舆胜览》“成都府路”条曰：“筹边楼，在府治。”李德裕大和四年（830）十月受命节度剑南西川，楼成应在大和五年（831），薛涛《筹边楼》诗当在是年秋。

十四州：按，诸本皆作“四十州”，《薛涛诗笺》笺注为“十四州”。卢求《成都记序》曰：“蜀为奥壤，领州十四，县七十一，户百万，兵士五万。”

棠梨花和李太尉

吴均蕙圃移嘉木，
正及东溪春雨时。
日晚莺啼何所为，
浅深红腻压繁枝。

注

李太尉：李德裕，字文饶，唐赵郡人，宰相李吉甫之子，牛李党争时之李党首领。历任浙西、义成、西川诸镇，政绩颇著。后两次入朝拜相，功绩显赫，被进为太尉。

吴均：字叔庠，南北朝吴兴人。日与赋诗，文体清拔有古气，时称“吴均体”。

和刘宾客玉蕣

琼枝玓瓅露珊珊，
欲折如披霞彩寒。
闲拂朱房何所似，
缘山偏映月轮残。

注

刘宾客：刘禹锡，字梦得，唐洛阳人，唐代古文运动积极参与者，被誉为“诗豪”，与柳宗元并称“刘柳”，与白居易并称“刘白”。开成年间（836-840）为太子宾客，世称“刘宾客”。薛涛大和六年（832）逝，诗题或为后人改易。

蕣：木槿，又名朝华。明李时珍《本草纲目》：“此花朝开暮落，故名蕣；曰槿曰蕣，犹仅荣于一瞬之义也。”

“玓瓅”，按《万首唐人绝句》《全唐诗》等作“的皪”，此处据《分门纂类唐歌诗》改。刘禹锡《游桃源一百韵》：“祥禽舞葱茏，珠树摇玓瓅。”

“霞彩寒”，按《全唐诗》作“玉彩寒”，此处据《万首唐人绝句》改。

朱房：红色花心。

江月楼

秋风彷佛吴江冷，
鸥鹭参差夕阳影。
垂虹纳纳卧谯门，
雉堞眈眈俯渔艇。
阳安小儿拍手笑，
使君幻出江南景。

注

江月楼：唐宋时简州（今成都简阳）名胜，《方舆胜览》“简州”条曰：“江月楼在郡治。下临雁、赤二水之间。”另，按南宋王象之《舆地纪胜》，该诗亦说为南宋诗人唐文若所作《题江月楼》。

谯门：建有瞭望楼的城门。班固《汉书·陈胜传》“独守丞与战谯门中”句颜师古注：“谯门，谓门上为高楼以望者耳。”

雉堞：原指城上短墙，后泛指城墙，唐司空曙《南原望汉宫》：“荒原空有汉宫名，衰草茫茫雉堞平。”

阳安：古代简州县地，唐宋为简州治所。《太平寰宇记》：“简州，阳安郡。今理阳安县。”

谒巫山庙

乱猿啼处访高唐，
路入烟霞草木香。
山色未能忘宋玉，
水声犹似哭襄王。
朝朝暮暮阳台下，
为雨为云楚国亡。
惆怅庙前多少柳，
春来空斗画眉长。

注

此首按《才调集》《文苑英华》《石仓历代诗选》《全唐诗》等为韦庄诗，《薛涛李冶诗集》列入薛涛诗。清黄周星《唐诗快》："此诗或又作韦庄，然语气颇类女校书，只得求浣花相公奉让。"

巫山庙：又名高唐观，宋玉《高唐赋》："昔者，楚襄王与宋玉游于云梦之台，望高唐之观。……玉曰：'昔者先王尝游高唐，怠而昼寝，梦见一妇人曰："妾，巫山之女也，为高唐之客，闻君游高唐，愿荐枕席。"王因幸之。去而辞曰："妾在巫山之阳，高丘之岨。旦为朝云，暮为行雨。朝朝暮暮，阳台之下。"旦朝视之，如言。故为立庙。'"《方舆胜览》"夔州"条："高唐神女庙，在巫山县西北二百五十步。有阳台。"

《名媛诗归》："'惆怅'二句不但幽媚动人，觉修约宛退中，多少矜荡不尽意。"

寄旧诗与元微之

诗篇调态人皆有，
细腻风光我独知。
月下咏花怜暗澹，
雨朝题柳为欹垂。
长教碧玉藏深处，
总向红笺写自随。
老大不能收拾得，
与君开似好男儿。

注

按《才调集》、南宋袁说友《成都文类》等皆以此首为元稹诗。《唐诗纪事》：“元微之赠涛诗，因寄旧诗与之。”元稹有《寄赠薛涛》，此首宜为薛涛寄赠元稹之旧作。

元微之：元稹，字微之，别字威明，唐洛阳人。其诗与白居易齐名，并称“元白”，风格相近，合称“元白体”。元和四年（809），奉使东川，或曾与薛涛见于梓州（今四川绵阳三台县）。

“好男儿”，按《全唐诗》作“教男儿”，此处据《才调集》《成都文类》等改。

《名媛诗归》：“通诗笔老，而气骨遒紧，虽用婉媚处，皆以朴静里之，挺然声调间。”

题从生假山

宅相多能好自持，
爱山攒石倚庭陲。
铜梁公阜□□□，
□□□□□□□。

注

此首见宋赵孟奎《分门纂类唐歌诗》宋刻残本，清阮元《宛委别藏》录本对原书残诗删节改动较大，此诗也在删除之列。

宅相：原指住宅风水之相。《晋书·魏舒传》：“少孤，为外家宁氏所养。宁氏起宅，相宅者云：‘当出贵甥。’……舒曰：‘当为外氏成此宅相。’”后因用为将出贵甥之典。唐李百药《北齐书·李绘传》：“宅相之寄，良在此甥。”

铜梁：山名，在今重庆市合川区南，山有石梁横亘，色如铜。西汉扬雄《蜀都赋》：“铜梁金堂，火井龙湫。”

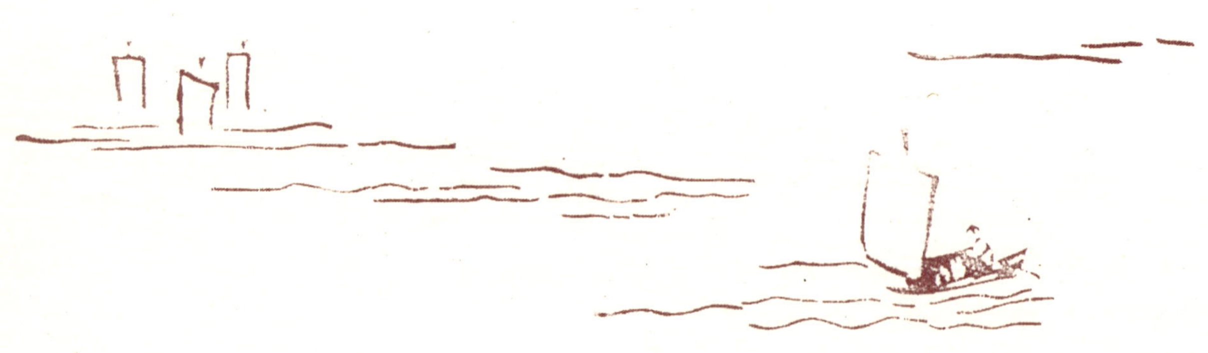

近有青衣連楚水素漿
還得類瓊漿
石墨

人間幾度看
薛濤詩句
庚申五月馮建吳

楹联 —— 187 —— 212

碑刻 —— 213 —— 228

薛涛笺 —— 229 —— 239

在望江楼公园这个综合艺术王国之中，累世积淀的书画、楹联、碑刻，以及流传不绝的薛涛笺，皆为重要的精神性要素，拥有不可忽视的重要地位。如关山月《吟诗楼图轴》以画入园，赵蕴玉《薛涛制笺图》翰墨塑人，冯建吴《墨竹》以墨见景，岑学恭《峨眉山月》、李道熙《山水》、吴一峰《青城幽邃》、朱佩君《芙蓉鲤鱼》、张采芹《春江水暖》等汇巴山蜀水、自然生灵之形于园中，以及冯时懋薛涛像、冯灌父墨竹图等勒石刻木、传布四方；更有刘沅、何绍基、陈矩、邹光绶、谢无量、董必武、陶亮生、刘东父、彭真、黄稚荃、魏传统、张爱萍、徐无闻等名家墨宝遍布于园内匾额、楹联、碑刻以及书画题跋，篆、隶、楷、行、草诸体咸集；“长联圣手”钟云舫所撰“几层楼独撑东面峰”长联共212字，成为对联发源地——成都的最长楹联，被誉为中国三大长联之一。这些艺术瑰宝以其无穷魅力，在园林中以无见有、以小见大、以意构形、以多聚一，证史、传情、寓意、达神。

望江楼公园藏品选粹

书画 133—185

第二部分

书画

四十六幅

关山月吟诗楼图轴

年代：1942 年

尺寸：

纵 48.5 厘米　横 61.5 厘米（画）

纵 66 厘米　横 61.5 厘米（题跋）

张采芹墨竹图

年代：现代

尺寸：纵 46.5 厘米　横 68.5 厘米

张采芹墨竹图

年代：1979 年
尺寸：纵 69 厘米　横 139 厘米

张采芹春江水暖图

年代：1979 年

尺寸：纵 138.5 厘米　横 70 厘米

张采芹枫叶八哥图

年代：1977 年

尺寸：纵 67 厘米　横 132 厘米

张采芹紫藤喜鹊图

年代：1977 年

尺寸：纵 82 厘米　横 152.5 厘米

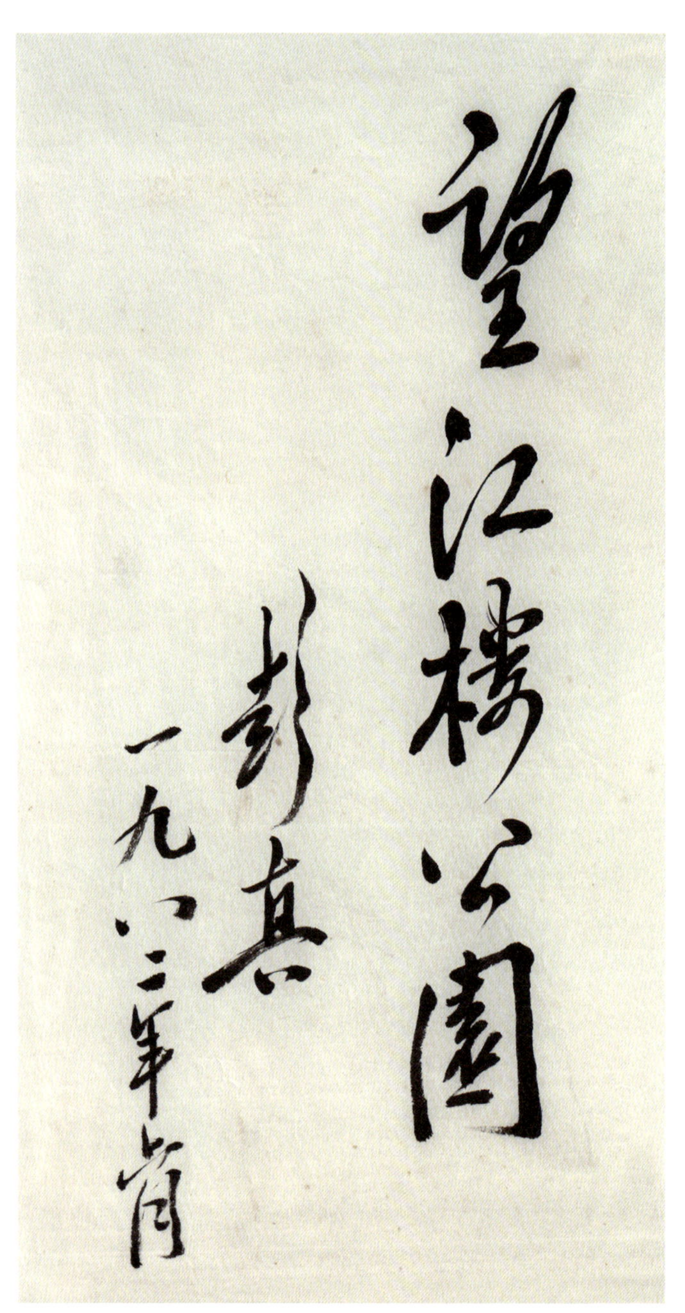

彭真行书“望江楼公园”斗方

年代：1982 年

尺寸：纵 32 厘米　横 23 厘米

吴一峰望江楼图轴

年代：1984年
尺寸：纵134厘米　横68厘米

吴一峰、赵蕴玉、朱佩君、岑学恭合著南天春雨图轴

年代：1984 年

尺寸：纵 68 厘米　横 137 厘米

吴一峰青城幽邃图

年代：1981 年

尺寸：纵 97 厘米　横 181 厘米

吴一峰峨眉胜概图

年代：1981 年

尺寸：纵 97 厘米　横 181 厘米

李琼久行书“崇丽阁”横幅

年代：1976年
尺寸：纵33厘米　横125厘米

李琼久白鹇珙桐图

年代：1977年
尺寸：纵68厘米　横132.5厘米

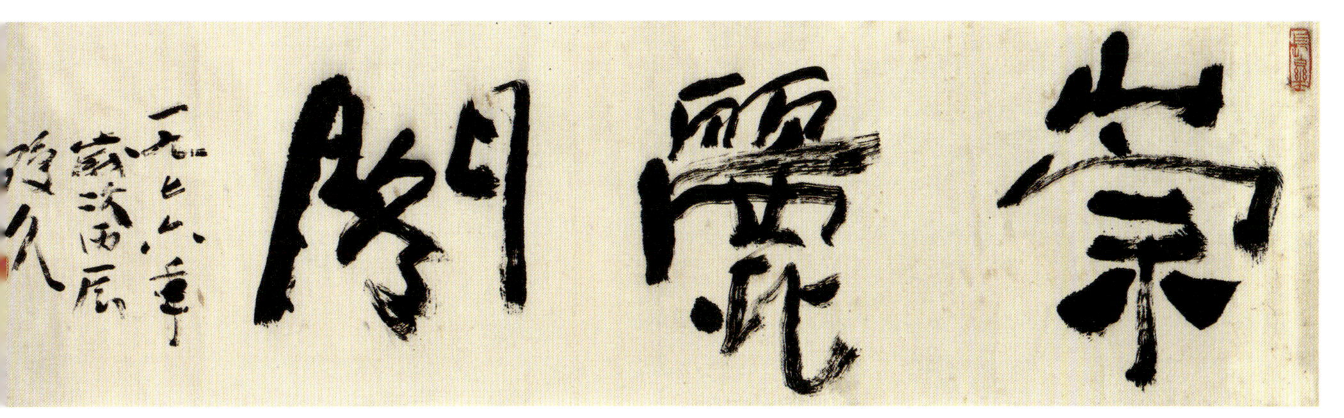

李琼久峨眉高出西极天图

年代：1977 年

尺寸：纵 68.5 厘米　横 133 厘米

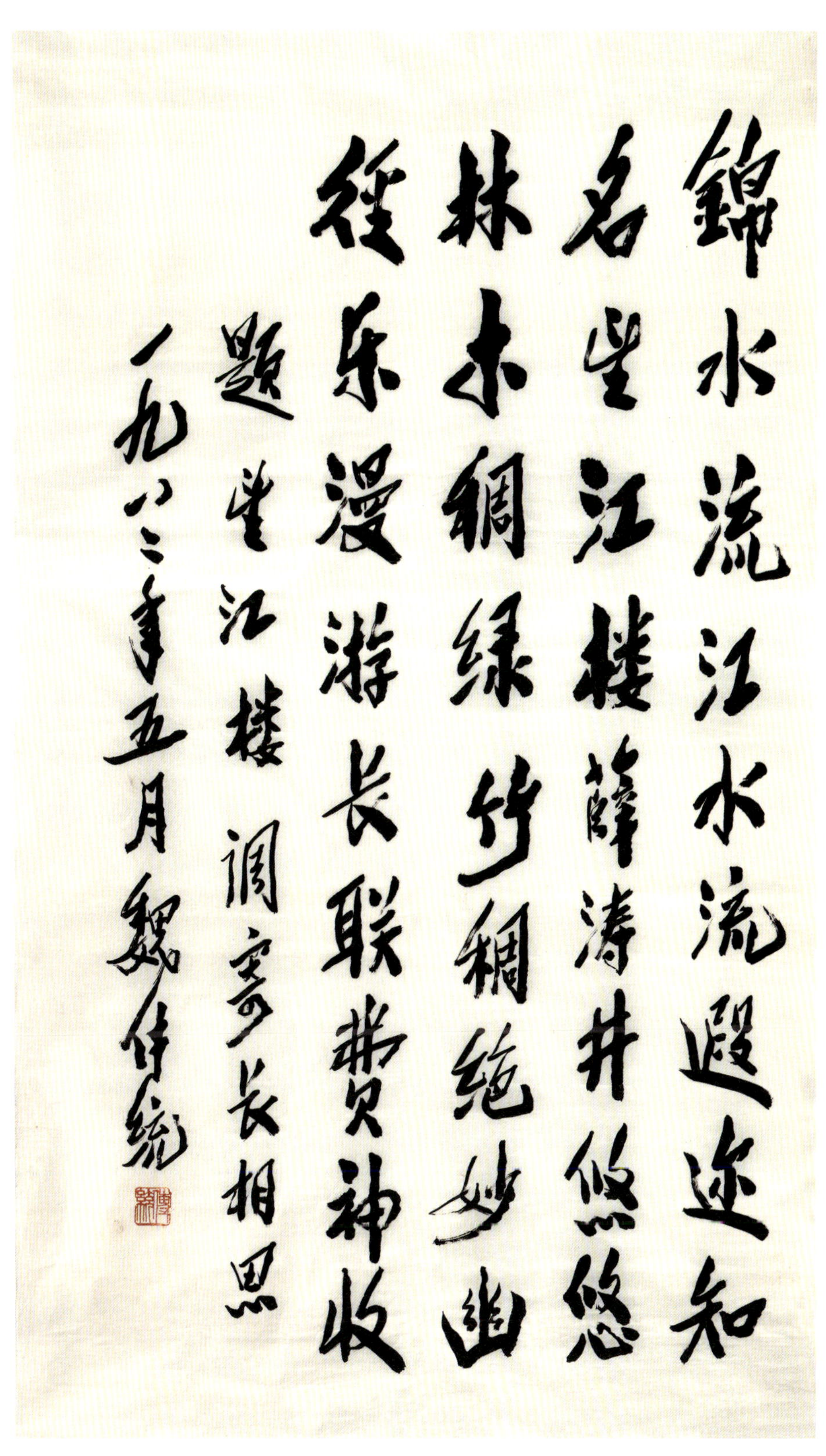

魏传统行书“锦水流江水流”中堂

年代：1982 年

尺寸：纵 120 厘米　横 68.5 厘米

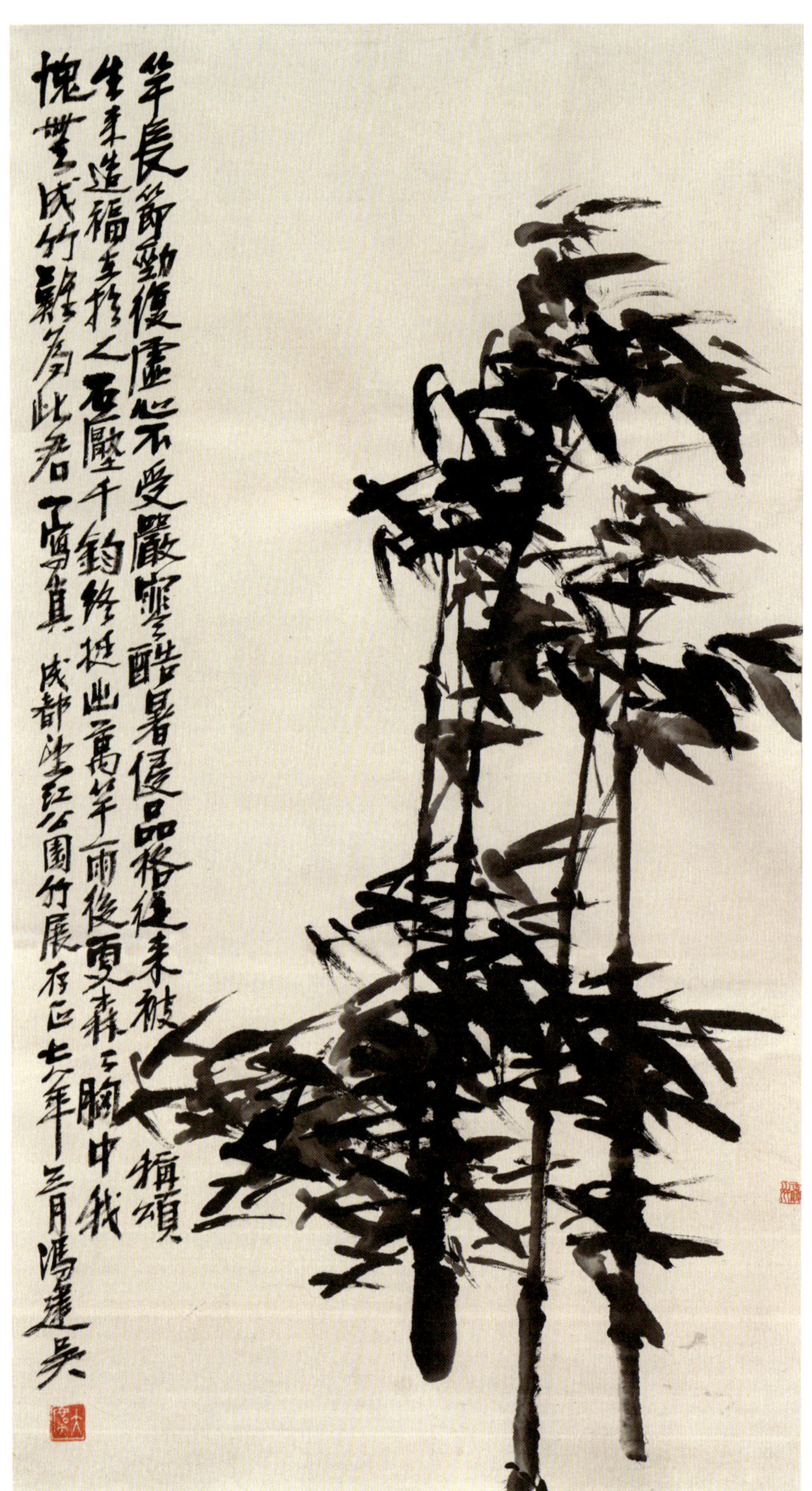

冯建吴墨竹图

年代：1978 年

尺寸：纵 132.5 厘米　横 67.5 厘米

冯建吴荷花图

年代：1982年
尺寸：纵96厘米　横180厘米

肖建初岷江景色图

年代：1977 年
尺寸：纵 69.5 厘米　横 134 厘米

屠古虹望江楼图轴

年代：1979 年

尺寸：纵 137 厘米　横 68 厘米

赵蕴玉薛涛制笺图

年代：1979 年

尺寸：纵 133 厘米　横 67 厘米

赵蕴玉薛涛制笺图

年代：1979 年

尺寸：纵 134 厘米　横 67 厘米

赵蕴玉墨竹图

年代：1978 年

尺寸：纵 125 厘米　横 68 厘米

苏葆桢墨竹图

年代：1978 年

尺寸：纵 136 厘米　横 68 厘米

苏葆桢葡萄图

年代：1979 年

尺寸：纵 51.5 厘米　横 74.5 厘米

岑学恭瞿塘峡图

年代：1979 年

尺寸：纵 137 厘米　横 69.5 厘米

岑学恭峨山图

年代：1979 年

尺寸：纵 137.5 厘米　横 68 厘米

娄师白竹石图

年代：1978 年

尺寸：纵 131 厘米　横 67.5 厘米

朱佩君天鹅图

年代：1982 年
尺寸：纵 92 厘米　横 176 厘米

壬戌初夏朱佩君畫于春長好室

朱佩君芙蓉鲤鱼图

年代：1982 年

尺寸：纵 92 厘米　横 178.5 厘米

壬戌春佩君畫

李道熙竹鸟图

年代：1978 年

尺寸：纵 42.5 厘米　横 65.5 厘米

李道熙群鸡墨竹图

年代：1979 年

尺寸：纵 133.5 厘米　横 68.5 厘米

李道熙山水图

年代：1979 年

尺寸：纵 44.5 厘米　横 68 厘米

李道熙山水图

年代：1979 年

尺寸：纵 45 厘米　横 68 厘米

李道熙梅花图

年代：1977 年

尺寸：纵 67 厘米　横 131.5 厘米

李道熙红梅图

年代：1979 年
尺寸：纵 67 厘米　横 130.5 厘米

李道熙红梅图

年代：1978 年
尺寸：纵 42.5 厘米　横 68 厘米

李道熙翠鸟图

年代：1978 年

尺寸：纵 43.5 厘米　横 67 厘米

朱纫君竹石双鸟图轴

年代：现代

尺寸：纵 131 厘米　横 67.5 厘米

黄原夏山拥翠图

年代：1986 年

尺寸：纵 177 厘米　横 287 厘米

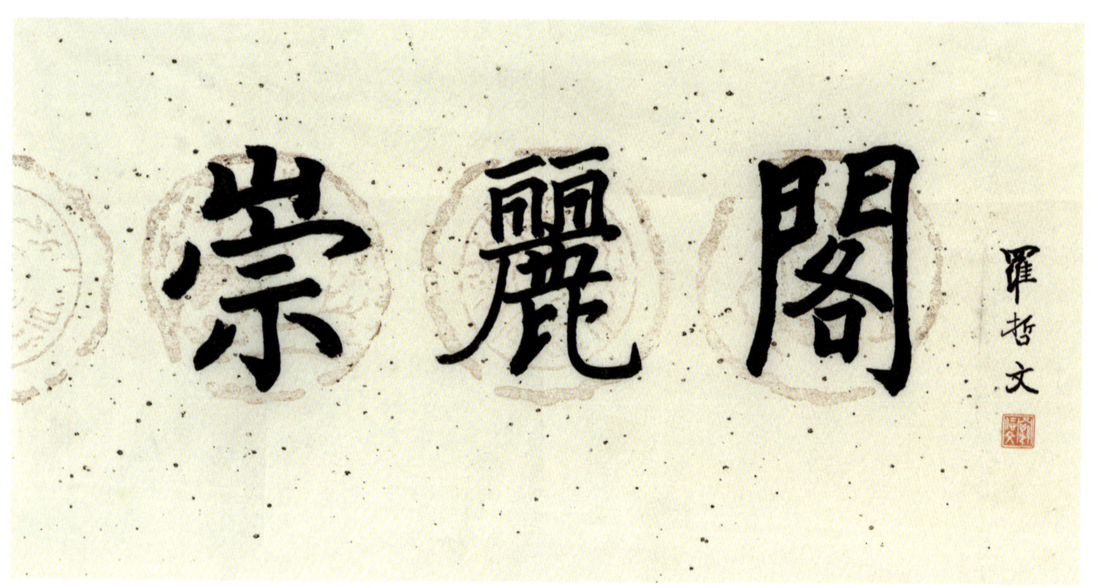

罗哲文楷书“望江楼”小匾

年代：1986 年
尺寸：纵 34 厘米　横 66.5 厘米

罗哲文楷书“崇丽阁”小匾

年代：1986 年
尺寸：纵 34 厘米　横 66.5 厘米

谭昌镕孔雀图

年代：1979 年

尺寸：纵 137.5 厘米　横 69.7 厘米

何继笃薛涛诗意图

年代：1984 年
尺寸：纵 137 厘米　横 33.5 厘米

郭汝愚珙桐图

年代：1979 年

尺寸：纵 69 厘米　横 46 厘米

沈道鸿薛涛咏诗图

年代：1984 年

尺寸：纵 137 厘米　横 68 厘米

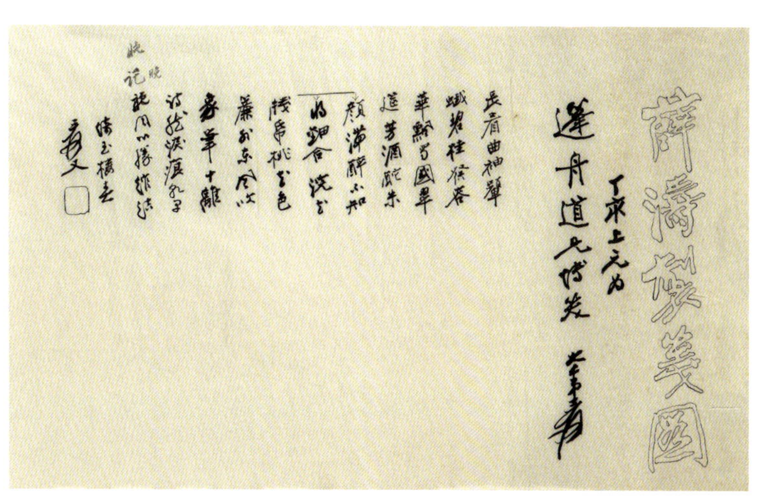

佚名仿张大千薛涛制笺图

年代：现代

尺寸：

纵 133 厘米　横 67.5 厘米（画）

纵 39.5 厘米　横 64 厘米（题记）

楹联

二十四件/套

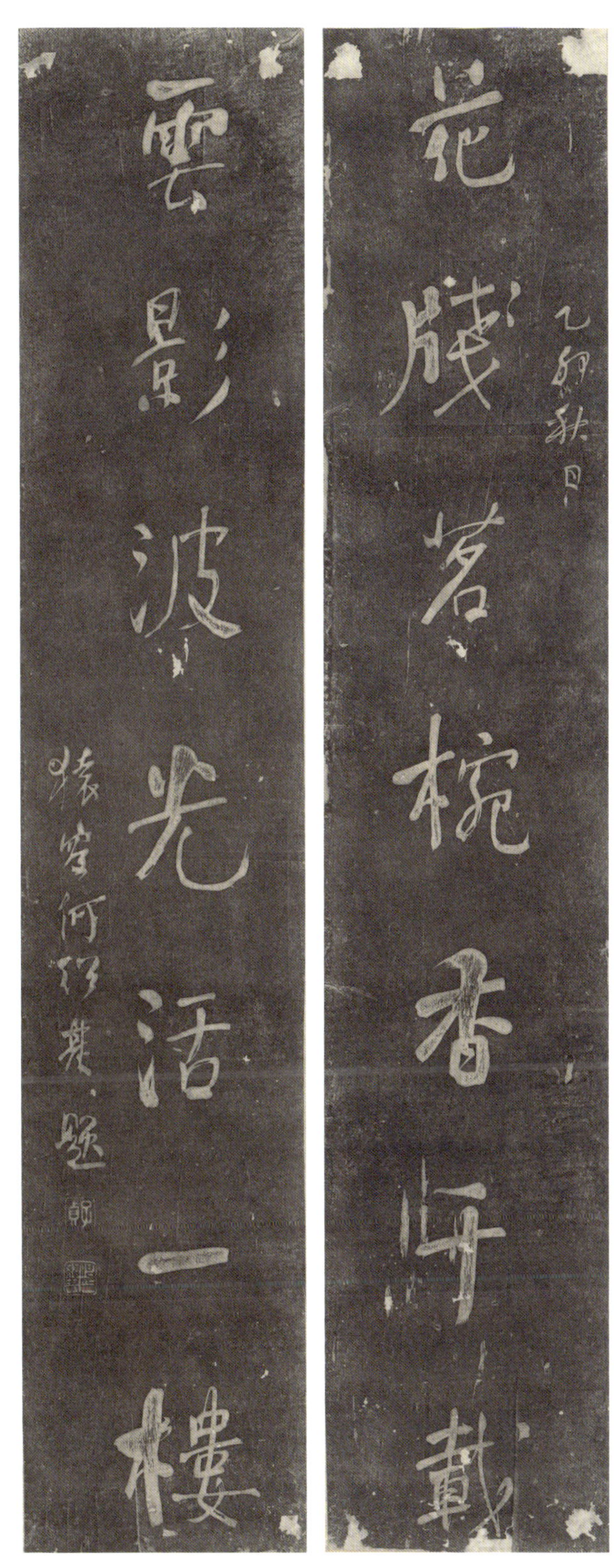

何绍基撰行书七言联拓片

年代：1855 年

尺寸：纵 123 厘米　横 25 厘米

花笺茗椀香千载

云影波光活一楼

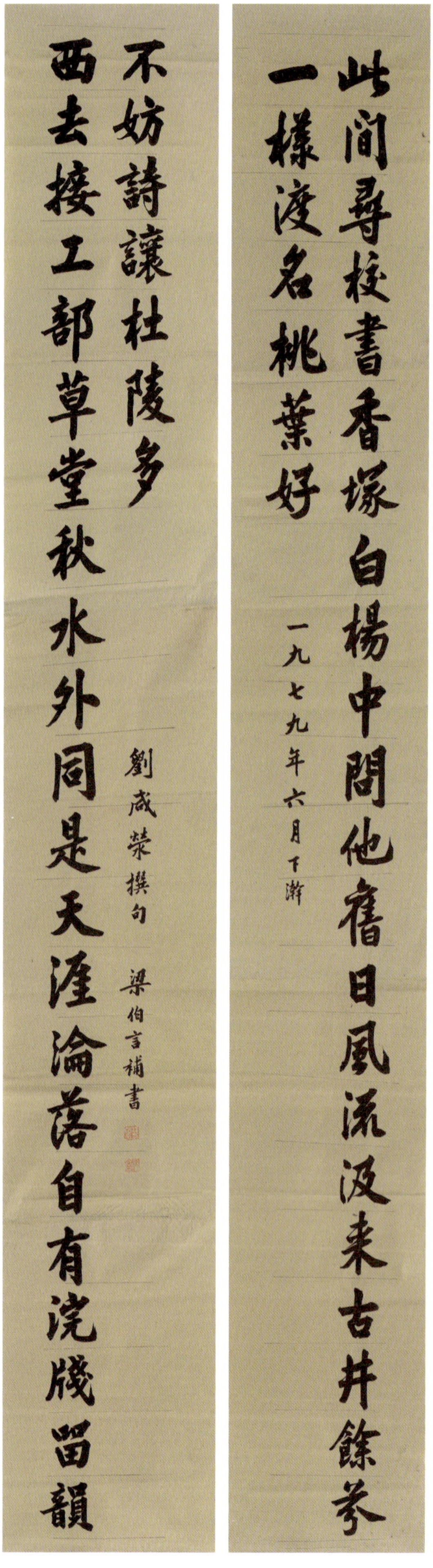

刘咸荥撰梁伯言行书二十九言联手稿

年代：1979 年

尺寸：纵 280 厘米　横 38 厘米

此间寻校书香冢白杨中问他旧日风流汲来古井余芬一样渡名桃叶好
西去接工部草堂秋水外同是天涯沦落自有浣笺留韵不妨诗让杜陵多

西漢文章蜀擅長數遥〻千載名流更有何人摛墨妙

南條水道江爲大看滚〻百川放海都從此處溯源頭

戴宾周撰余兴公隶书二十一言联手稿

年代：现代

尺寸：纵 281 厘米　横 19.5 厘米

西汉文章蜀擅长数遥遥千载名流更有何人摛墨妙

南条水道江为大看滚滚百川放海都从此处溯源头

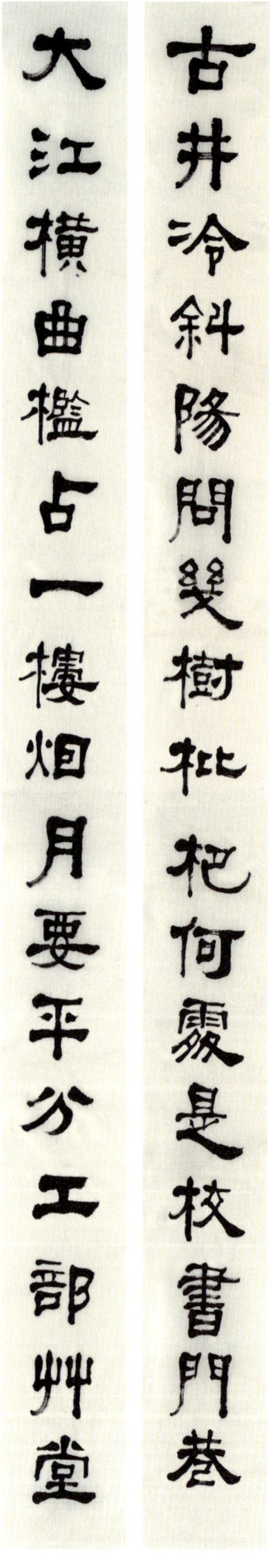

古井冷斜陽問幾樹枇杷何處是校書門巷

大江横曲檻占一樓烟月要平分工部艸堂

伍生辉撰余兴公隶书十七言联手稿

年代：现代

尺寸：纵 264.5 厘米　横 23 厘米

古井冷斜阳问几树枇杷何处是校书门巷

大江横曲槛占一楼烟月要平分工部草堂

陶亮生撰楷书七言联手稿

年代：现代

尺寸：纵 124 厘米　横 19.5 厘米

花外喜陪荀令坐

池头定有右军来

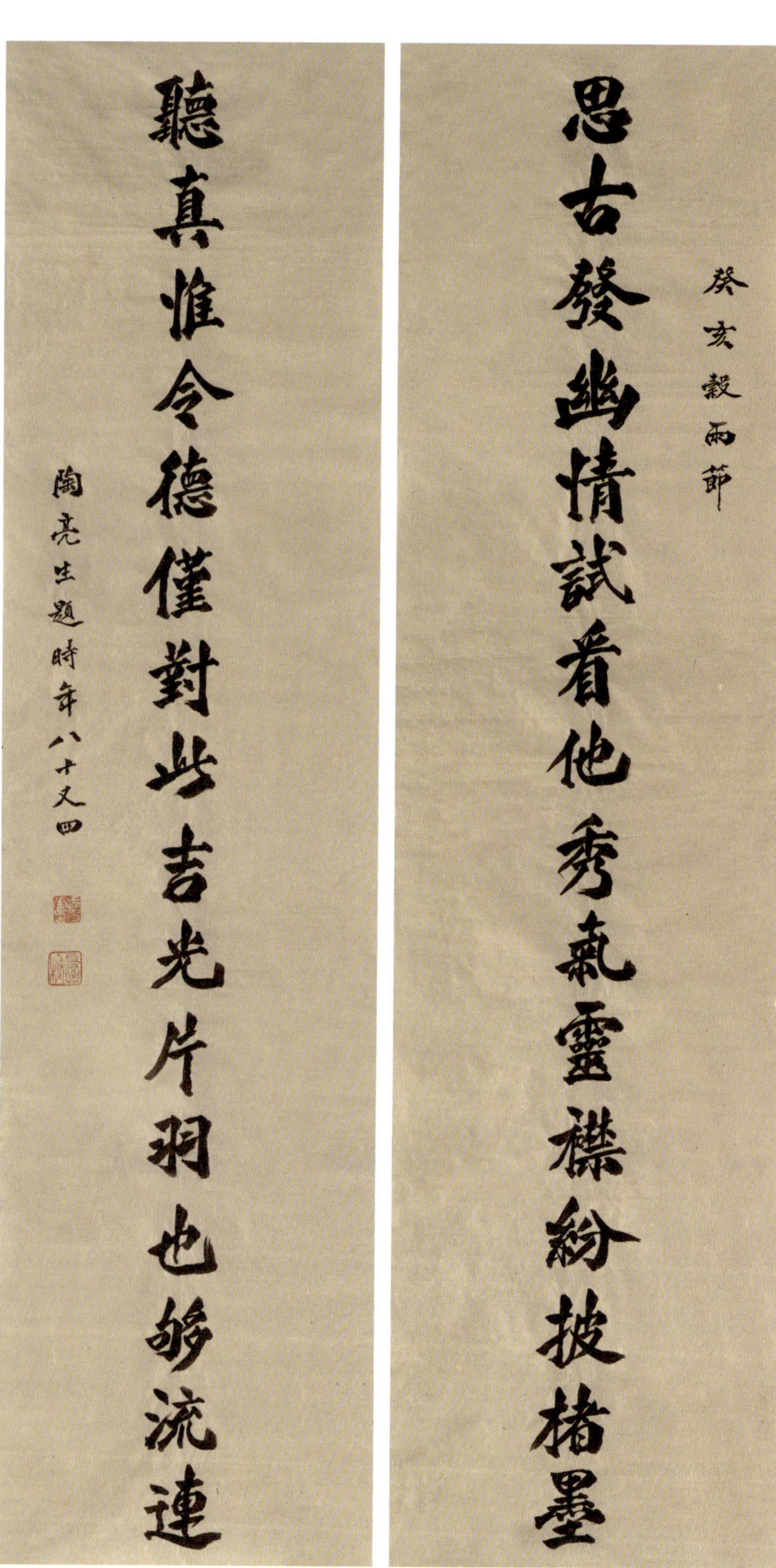

陶亮生撰楷书十六言联手稿

年代：1983 年
尺寸：纵 148 厘米　横 39 厘米
思古发幽情试看他秀气灵襟纷披楮墨
听真惟令德仅对此吉光片羽也够流连

少陵茅屋諸葛祠堂並此鼎足而三飾崇麗盪漪瀾
繫客垂楊歌小雅
庚申小雪節

元相詩篇韋公奏牘總是關心則一思賢才哀窈窕
美人香艸續離騷
八十一歲叟榮經陶亮生撰書

陶亮生撰楷书二十七言联手稿

年代：1980年

尺寸：纵264厘米　横35.5厘米

少陵茅屋诸葛祠堂并此鼎足而三饰崇丽荡漪澜系客垂杨歌小雅
元相诗篇韦公奏牍总是关心则一思贤才哀窈窕美人香草续离骚

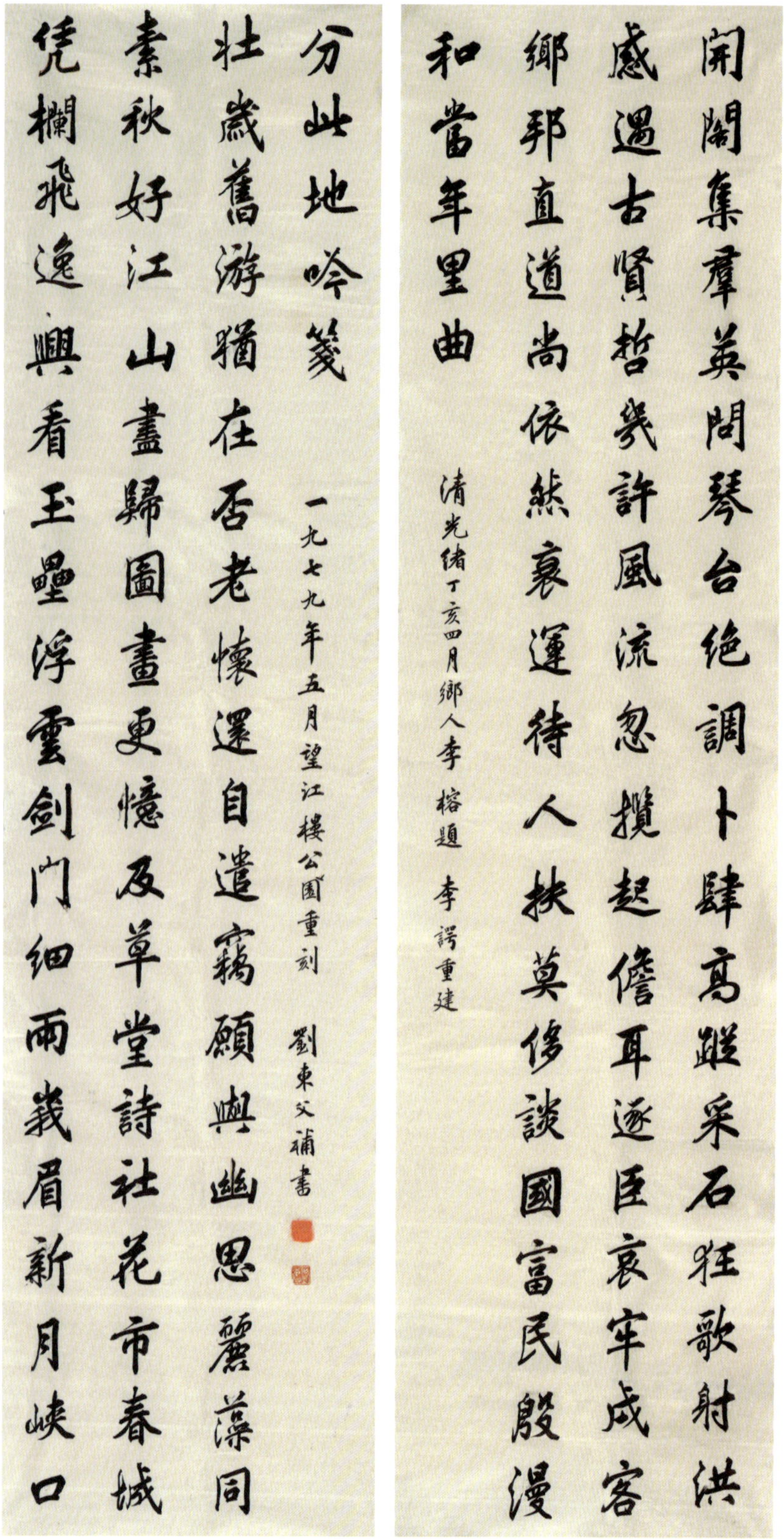

李榕撰刘东父行楷书百言联手稿

年代：1979年

尺寸：纵270厘米　横69.5厘米

开阁集群英问琴台绝调卜肆高踪采石狂歌射洪感遇古贤哲几许风流忽揽起僧耳逐臣哀牢戍客乡邦直道尚依然衰运待人扶莫侈谈国富民殷漫和当年里曲

凭栏飞逸兴看玉垒浮云剑门细雨峨眉新月峡口素秋好江山尽归图画更忆及草堂诗社花市春城壮岁旧游犹在否老怀还自遣窃愿与幽思丽藻同分此地吟笺

林思进撰刘东父行书十二言联拓片

年代：1979 年

尺寸：纵 265.5 厘米　横 44.5 厘米

一水绕当门滚滚浪分岷岭雪

双扉开对郭熙熙人乐锦楼春

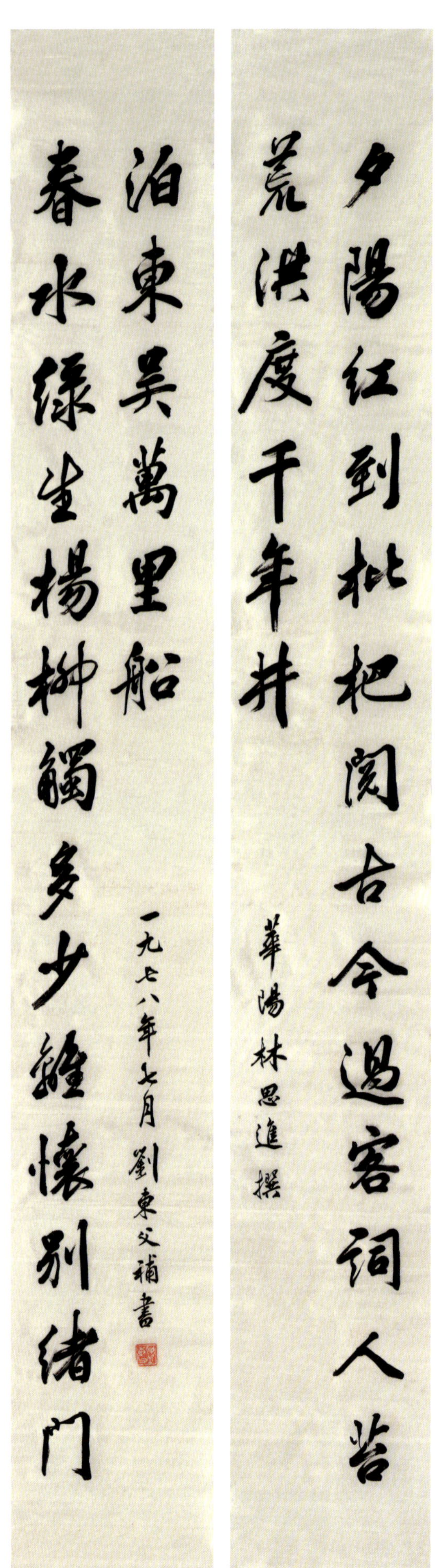

林思进撰刘东父行书二十言联手稿

年代：1978 年

尺寸：纵 238 厘米　横 32.5 厘米

夕阳红到枇杷阅古今过客词人苕荒洪度千年井

春水绿生杨柳触多少离怀别绪门泊东吴万里船

何绍基撰黄稚荃小篆七言联手稿

年代：1979 年

尺寸：纵 198 厘米　横 26 厘米

花笺茗盌香千载

云影波光活一囊

李绪撰黄稚荃隶书五言联手稿

年代：1979 年

尺寸：纵 161 厘米　横 29.5 厘米

花影常迷径

波光欲上楼

赵熙撰黄稚荃小篆七言联手稿

年代：1979 年
尺寸：纵 131 厘米　横 29.5 厘米
独坐黄昏谁是伴
争教红粉不成灰

幾層樓獨撐東面峰統近水遙山供張畫譜聚葱嶺雪散白河煙
烘丹丹景霞染青衣霧時而詩人弔古時而猛士籌邊
最可憐花蕊飄零早埋了春閨寶鏡枇杷寂寞空留着綠樹
香坟對此茫茫百感交集笑憨蝴蝶總貪迷醉夢鄉中試從絕
頂高呼問問問這半江月誰家之物

終落在乾坤套裡且向危梯頫首看看看那一塊雲是我的天
廊消受得好風好雨嗟余蹙蹙四海無歸跳死猢猻
忽然銀笙玉笛倒不若長歌短賦拋撒些閒恨閒愁曲檻迴
雄躍崗上龍殞坡前鳳卧關下虎鳴井底蛙忽然然鐵馬金戈
千年事屢換西川局儘鴻篇鉅製裝演演英

钟云舫撰魏传统楷书百言联手稿

年代：1979年

尺寸：纵281厘米　横75厘米

几层楼独撑东面峰统近水遥山供张画谱聚葱岭雪散白河烟烘丹景霞染青衣雾时而诗人吊古时而猛士筹边最可怜花蕊飘零早埋了春闺宝镜枇杷寂寞空留着绿树香坟对此茫茫百感交集笑憨蝴蝶总贪迷醉梦乡中试从绝顶高呼问问问这半江月谁家之物

千年事屡换西川局尽鸿篇巨制装演英雄跃岗上龙殒坡前凤卧关下虎鸣井底蛙忽然铁马金戈忽然银笙玉笛倒不若长歌短赋抛撒些闲恨闲愁曲槛回廊消受得好风好雨嗟余蹙蹙四海无归跳死猢狲终落在乾坤套里且向危梯颊首看看看那一块云是我的天

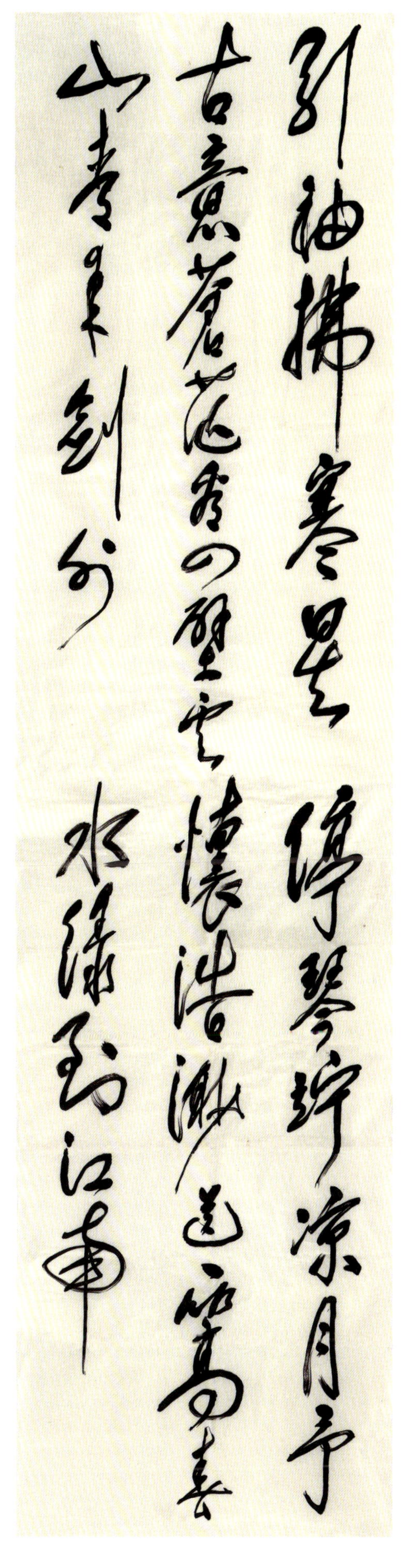

顾复初撰张爱萍行书十八言联手稿

年代：1979年

尺寸：纵133厘米　横68厘米

引袖拂寒星古意苍茫看四壁云山青来剑外

停琴伫凉月予怀浩渺送一篙春水绿到江南

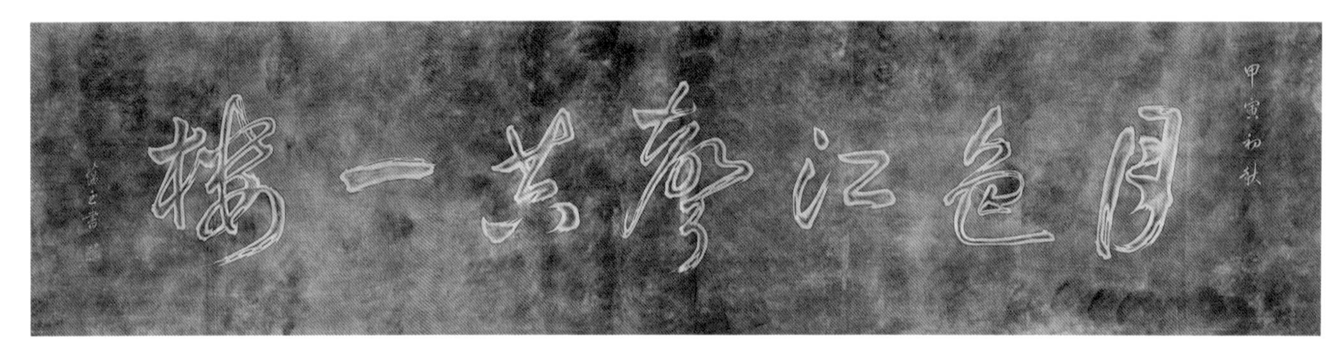

赵蕴玉草书横幅拓片

年代：1974年
尺寸：纵66.5厘米　横261厘米
月色江声共一楼

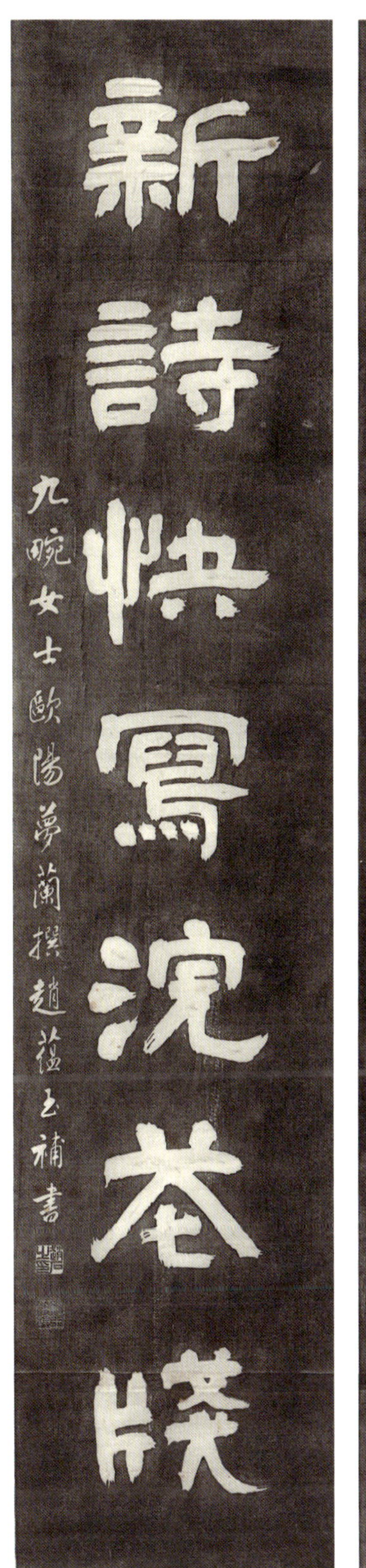

欧阳梦兰撰赵蕴玉隶书七言联拓片

年代：1979 年

尺寸：纵 157 厘米　横 39.5 厘米

古井平涵修竹影

新诗快写浣花笺

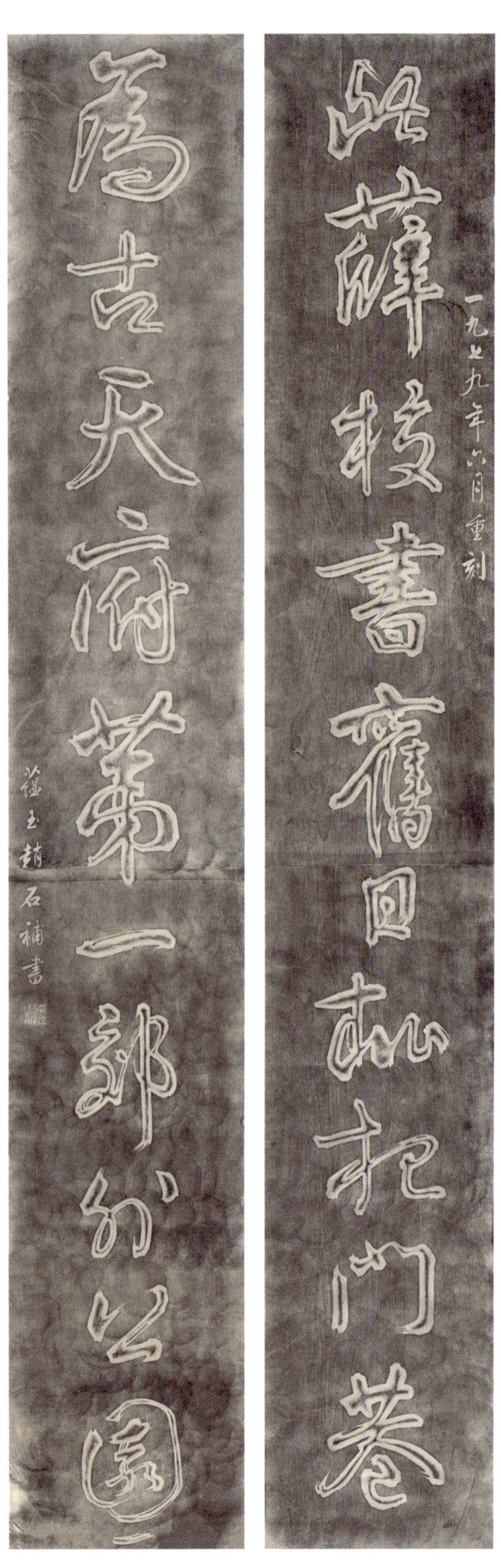

赵蕴玉撰行书十言联拓片

年代：1979 年
尺寸：纵 271.5 厘米　横 42 厘米
此薛校书旧日枇杷门巷
为古天府第一郊外公园

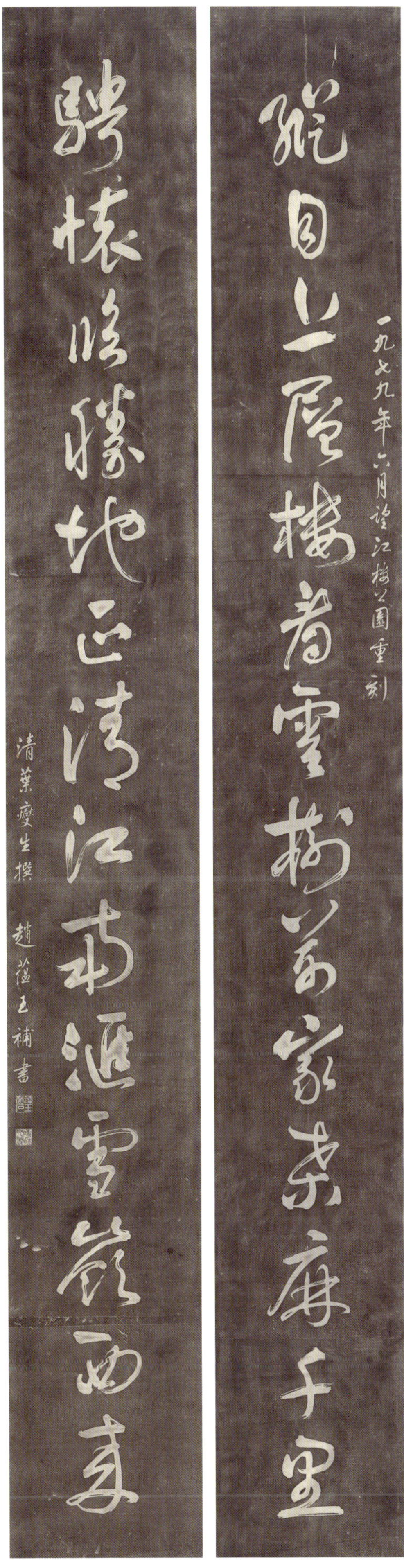

叶夔生撰赵蕴玉行草书十四言联拓片

年代：1979 年

尺寸：纵 312 厘米　横 39.5 厘米

纵目上层楼看云树万家桑麻千里

骋怀临胜地正清江南汇雪岭西来

伍生辉撰李道熙行书十七言联手稿

年代：1978 年

尺寸：纵 263 厘米　横 34 厘米

古井冷斜阳问几树枇杷何处是校书门巷

大江横曲槛占一楼烟月要平分工部草堂

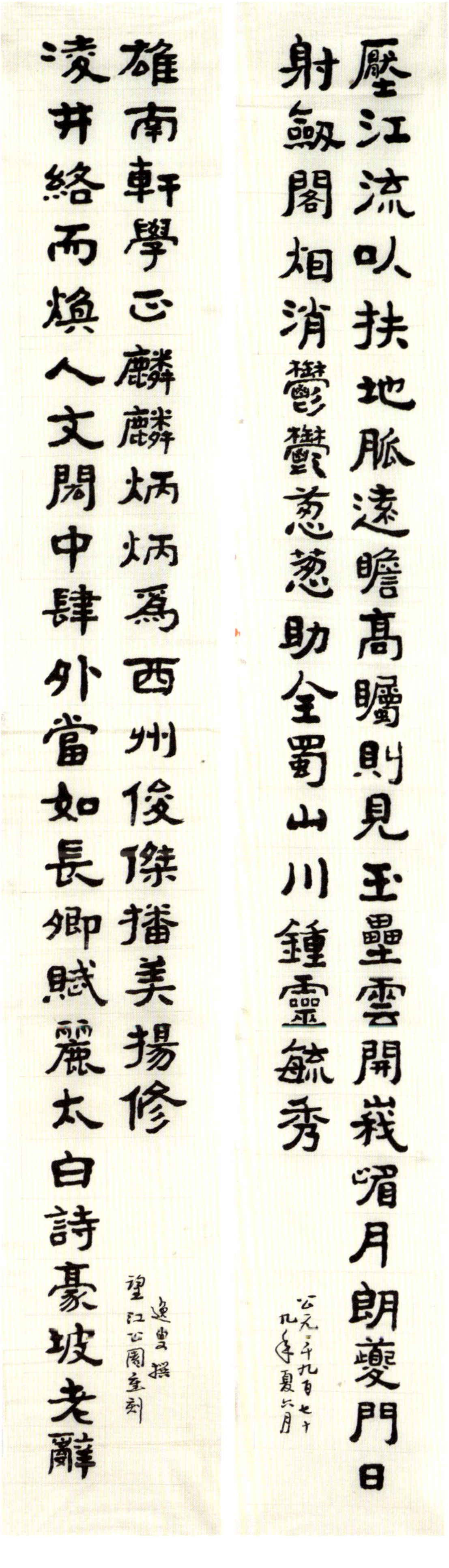

逸叟撰黄原隶书四十二言联手稿

年代：1979 年

尺寸：纵 284.5 厘米　横 39.5 厘米

压江流以扶地脉远瞻高瞩则见玉垒云开峨眉月朗夔门日射剑阁烟消郁郁葱葱助全蜀山川钟灵毓秀

凌井络而焕人文闳中肆外当如长卿赋丽太白诗豪坡老辞雄南轩学正麟麟炳炳为西洲俊杰播美扬修

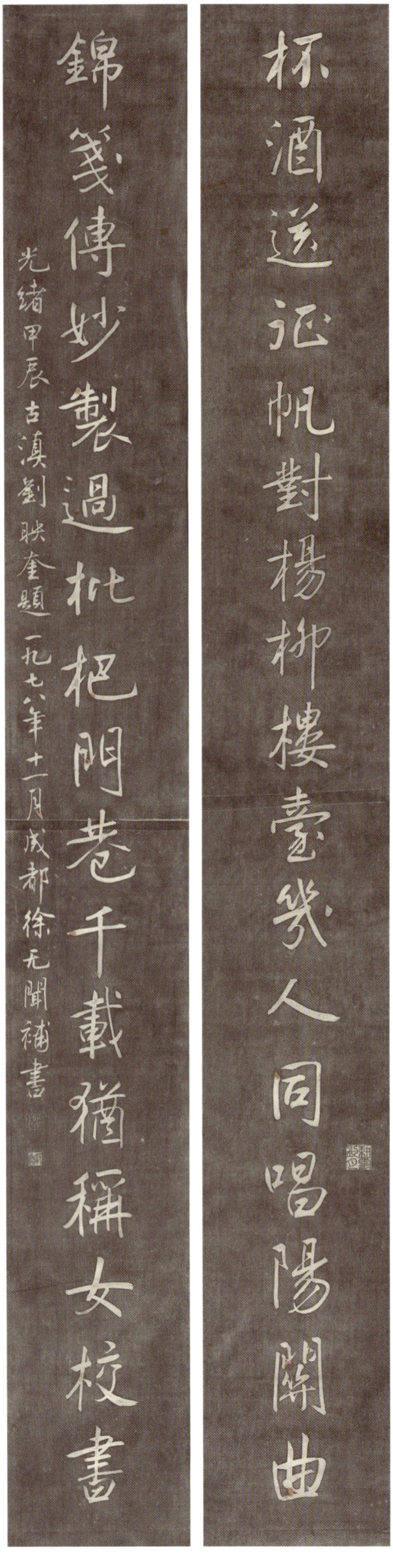

刘映奎撰徐无闻行书十七言联拓片

年代：1978 年

尺寸：纵 255.5 厘米　横 34.5 厘米

杯酒送征帆对杨柳楼台几人同唱阳关曲

锦笺传妙制过枇杷门巷千载犹称女校书

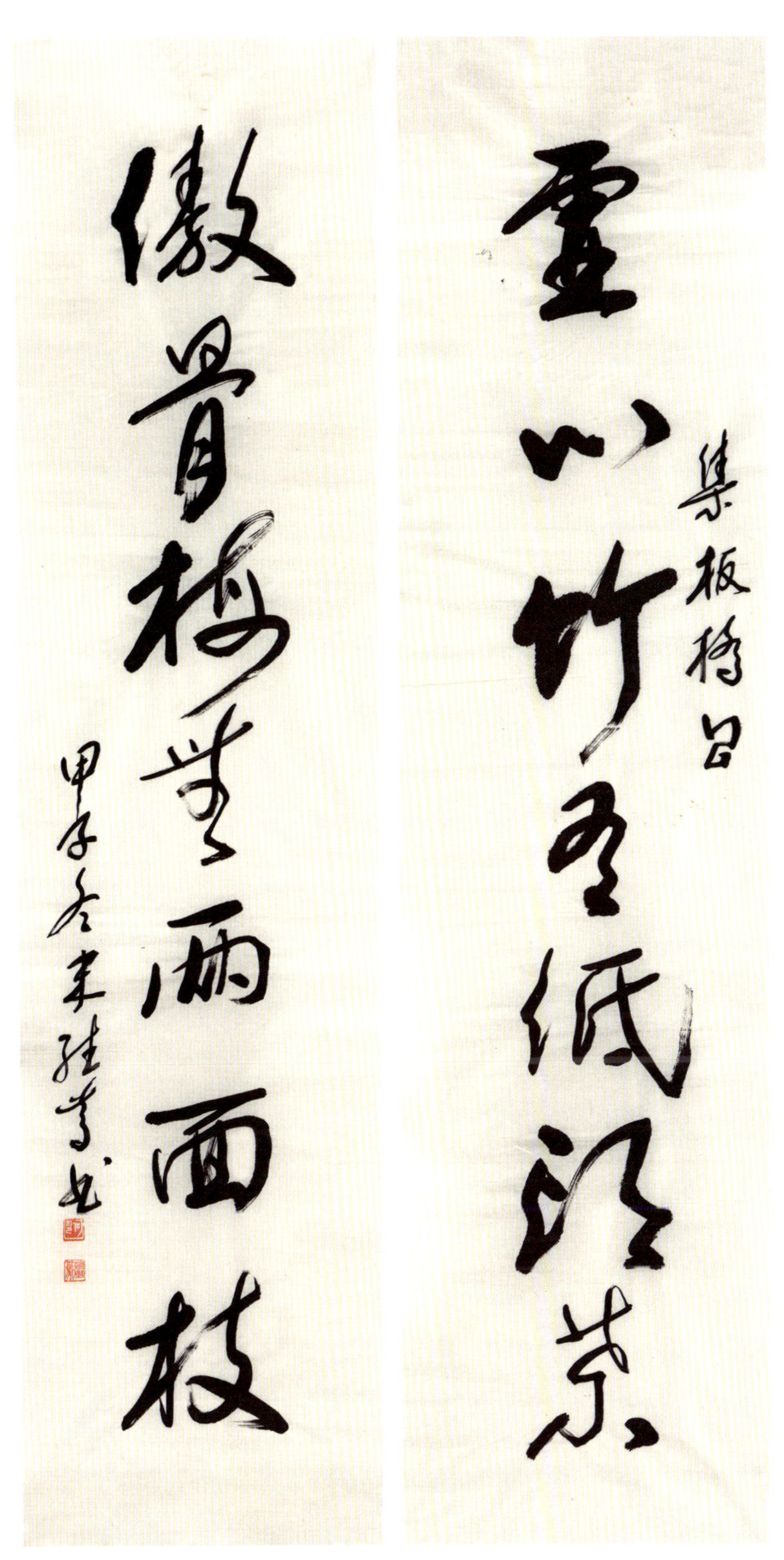

何继笃集郑板桥句行书七言联手稿

年代：1984年

尺寸：纵136厘米　横34厘米

虚心竹有低头叶

傲骨梅无两面枝

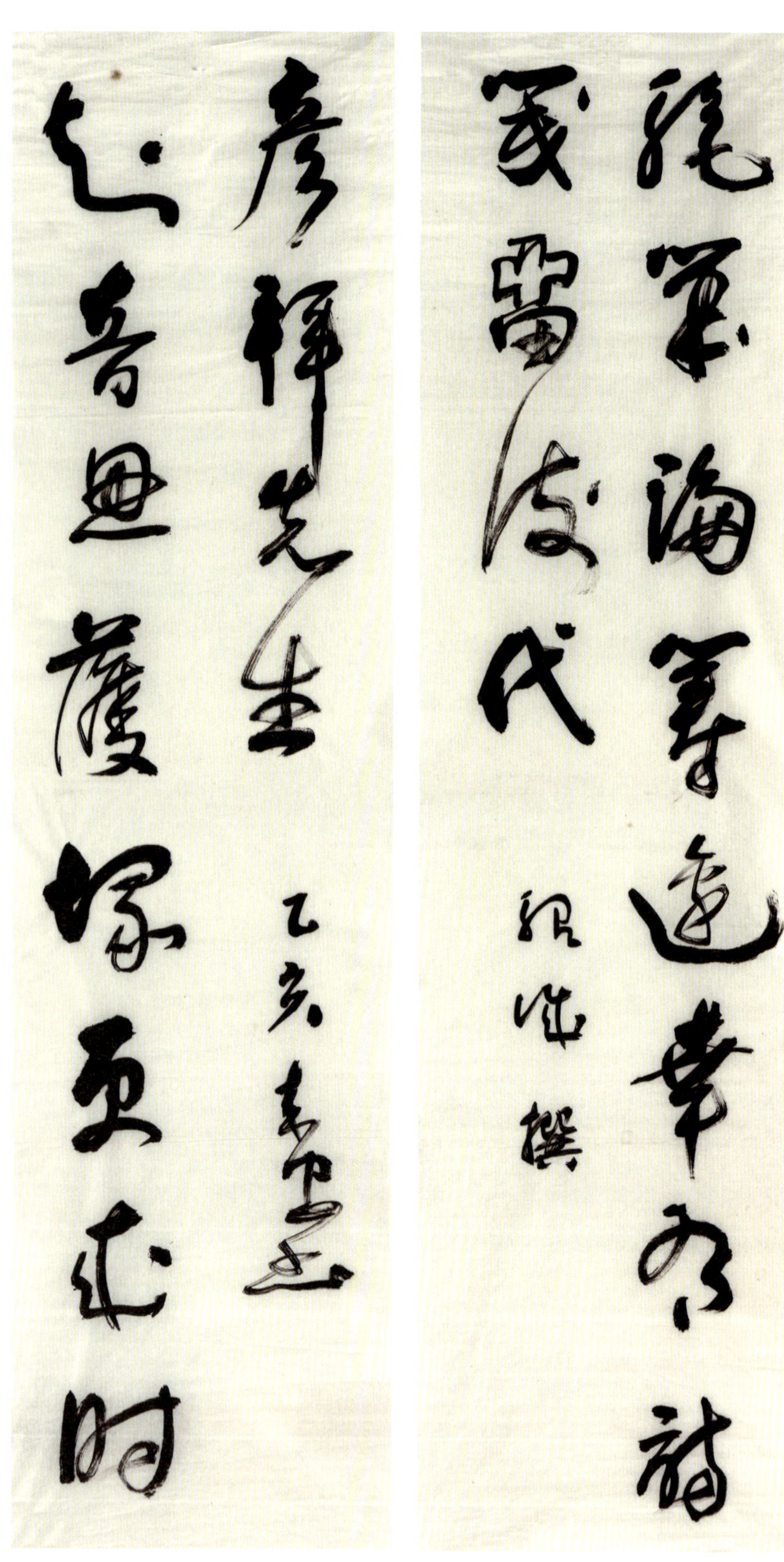

钱来忠草书十二言联手稿

年代：1995 年

尺寸：纵 134.5 厘米　横 34 厘米

绝笔论筹边幸有诗笺留后代

知音思护冢更来时彦拜先生

碑刻

十二件/套

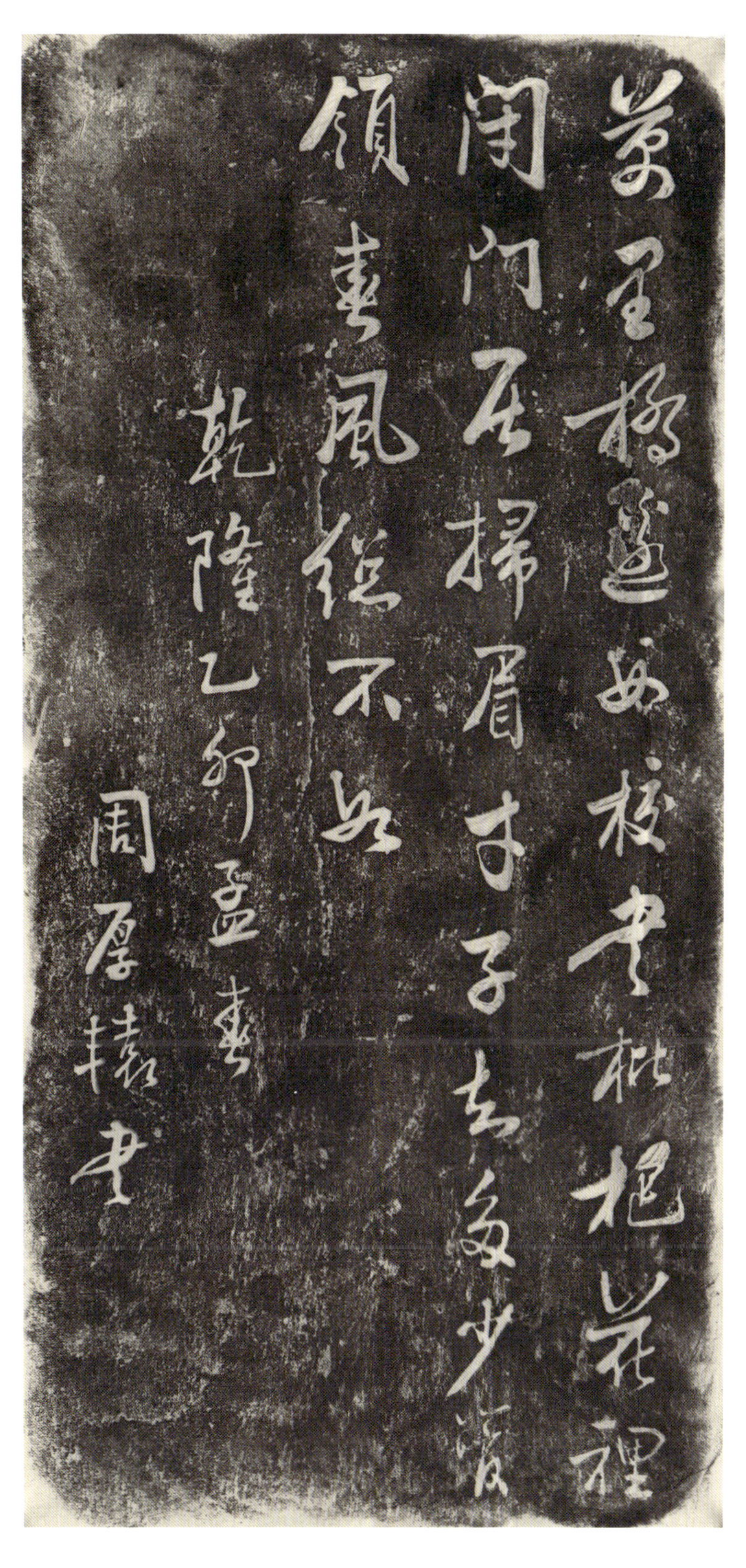

清周厚辕书王建《寄蜀中薛涛校书》碑刻拓片

年代：1795 年

尺寸：纵 87.5 厘米　横 46 厘米

清刘沅《薛涛井》碑刻拓片

年代：1854 年

尺寸：纵 53 厘米　横 78 厘米

清吴昇《薛涛井》碑刻拓片

年代：清代

尺寸：纵 43 厘米　横 87 厘米

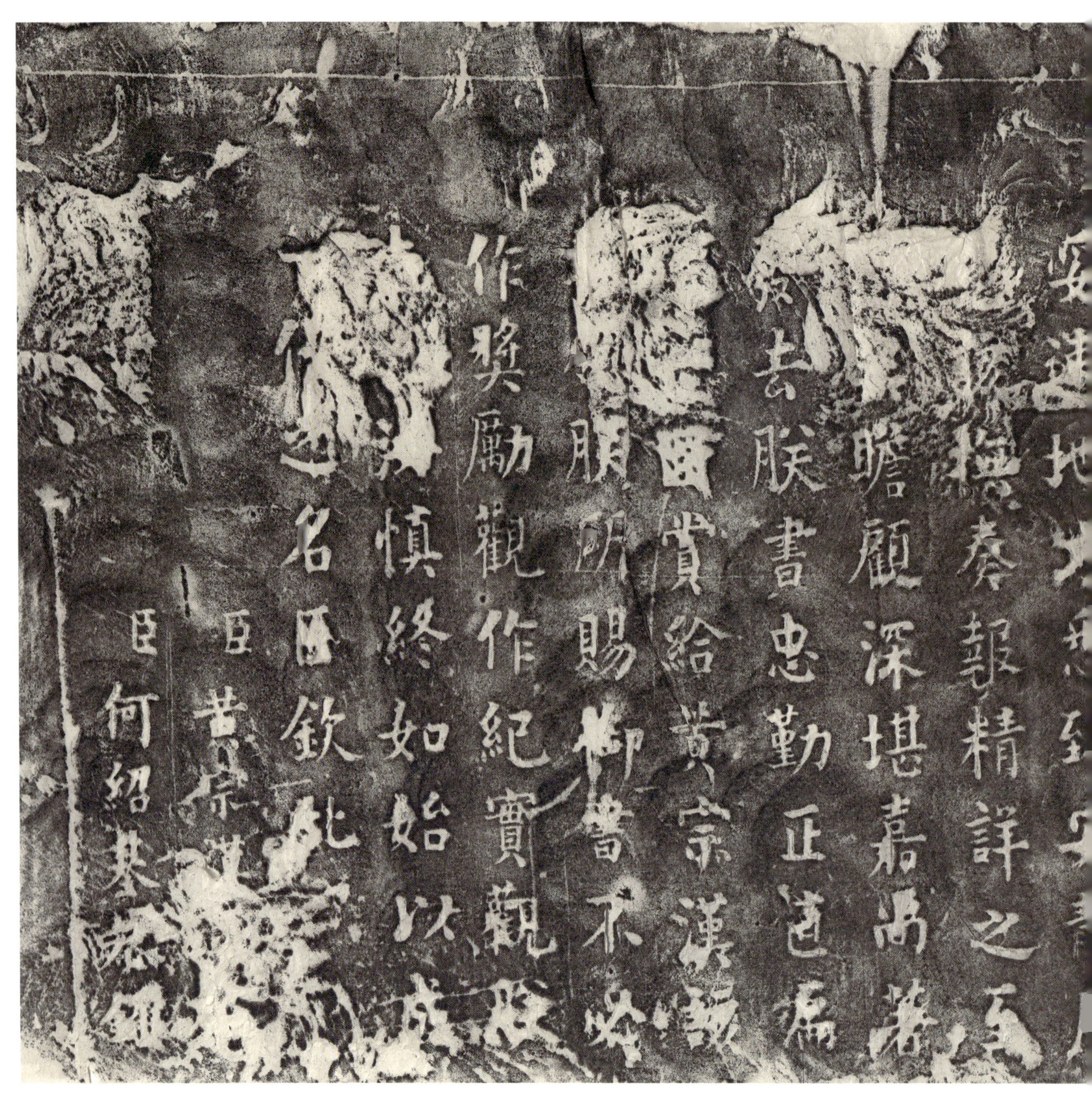

清何绍基《录咸丰圣旨》碑刻拓片

年代：清代
尺寸：纵 70 厘米　横 148 厘米

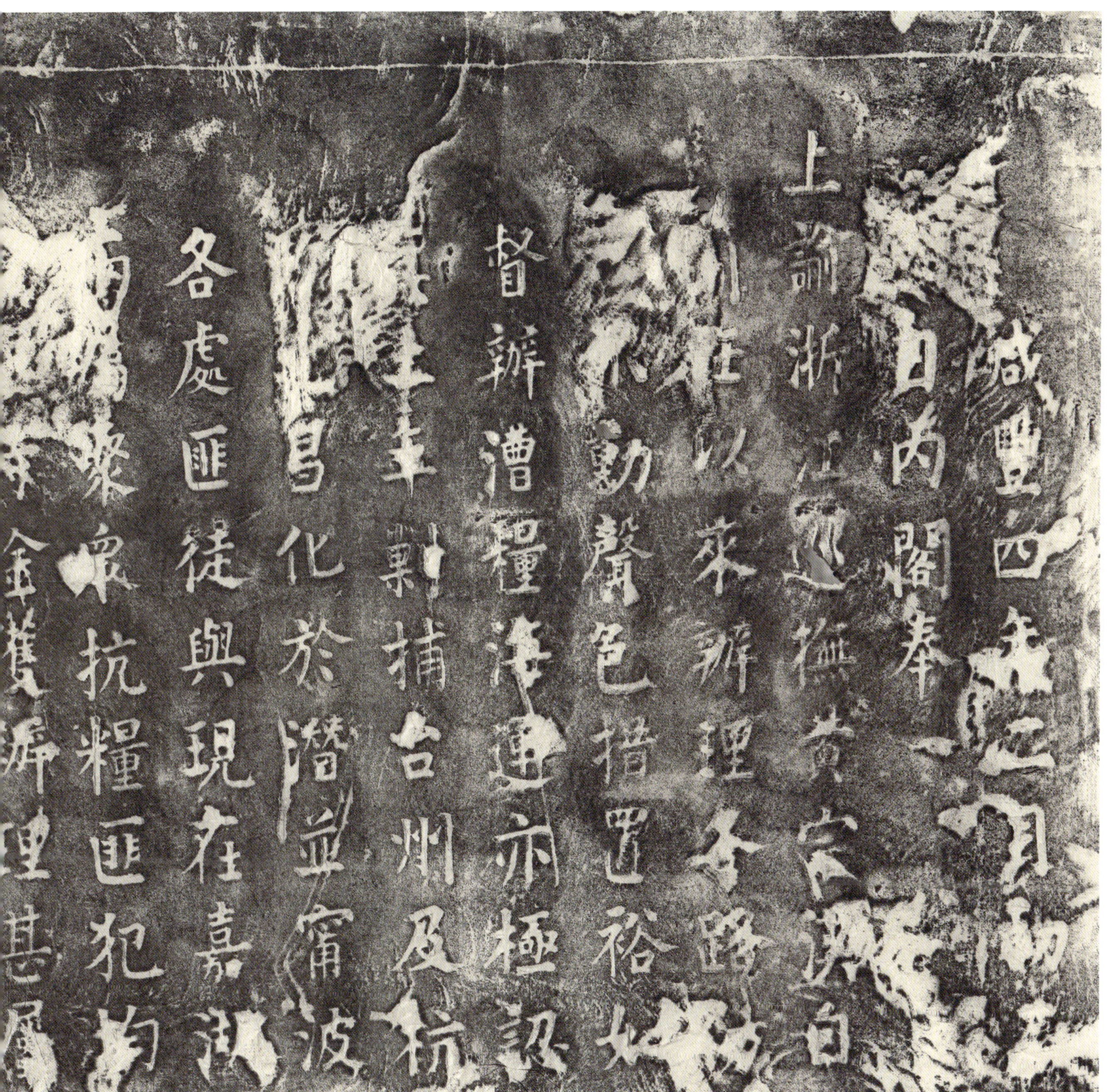
咸豐四年[illegible]月[illegible]
旨內閣奉
上諭浙江巡撫黃宗漢[illegible]
[illegible]在以來辦理各路
[illegible]勤聲色措置裕如
督辦漕糧海運亦極認
[illegible]年剿捕台州及杭
[illegible]粤化於潛並甯波
各處匪徒與現在嘉湖
[illegible]衆抗糧匪犯拘
全獲辦理甚屬

清王增祺《吟诗楼晚归纪盛》碑刻拓片

年代：清代

尺寸：纵 46 厘米　横 89 厘米

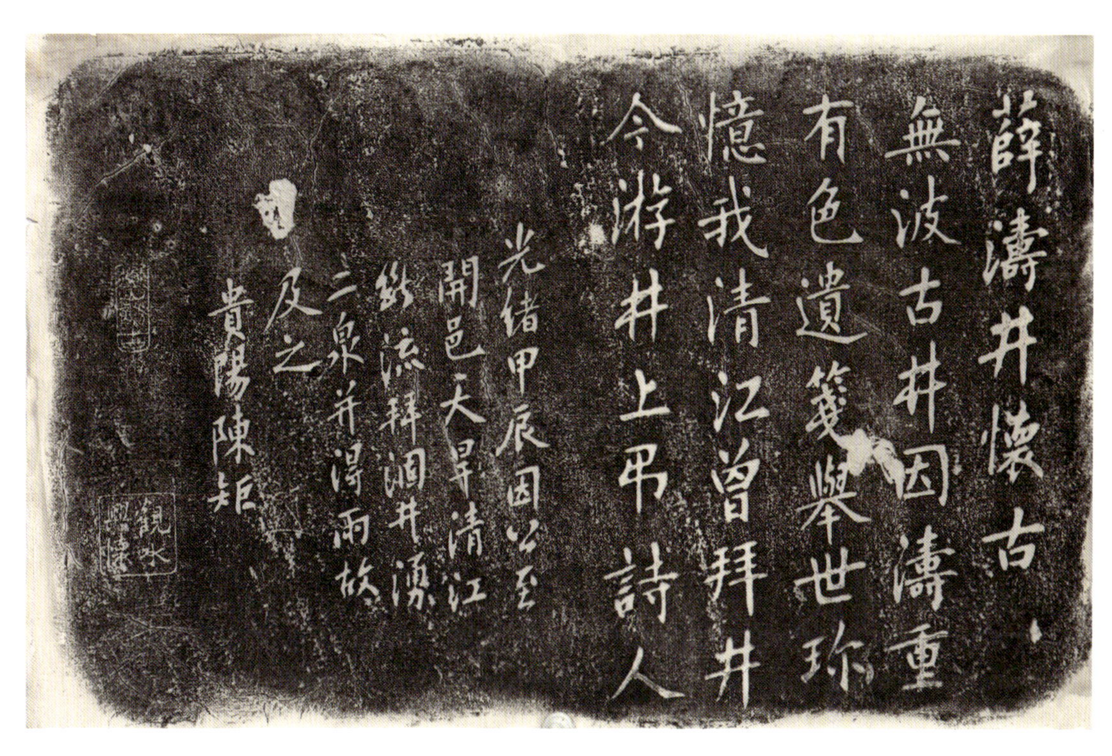

清陈矩《薛涛井怀古》碑刻拓片

年代：1904年

尺寸：纵38.5厘米 横59.5厘米

清邹光绶《薛涛井吟诗楼七绝四首》碑刻拓片

年代：1856 年
尺寸：纵 46 厘米　横 88 厘米

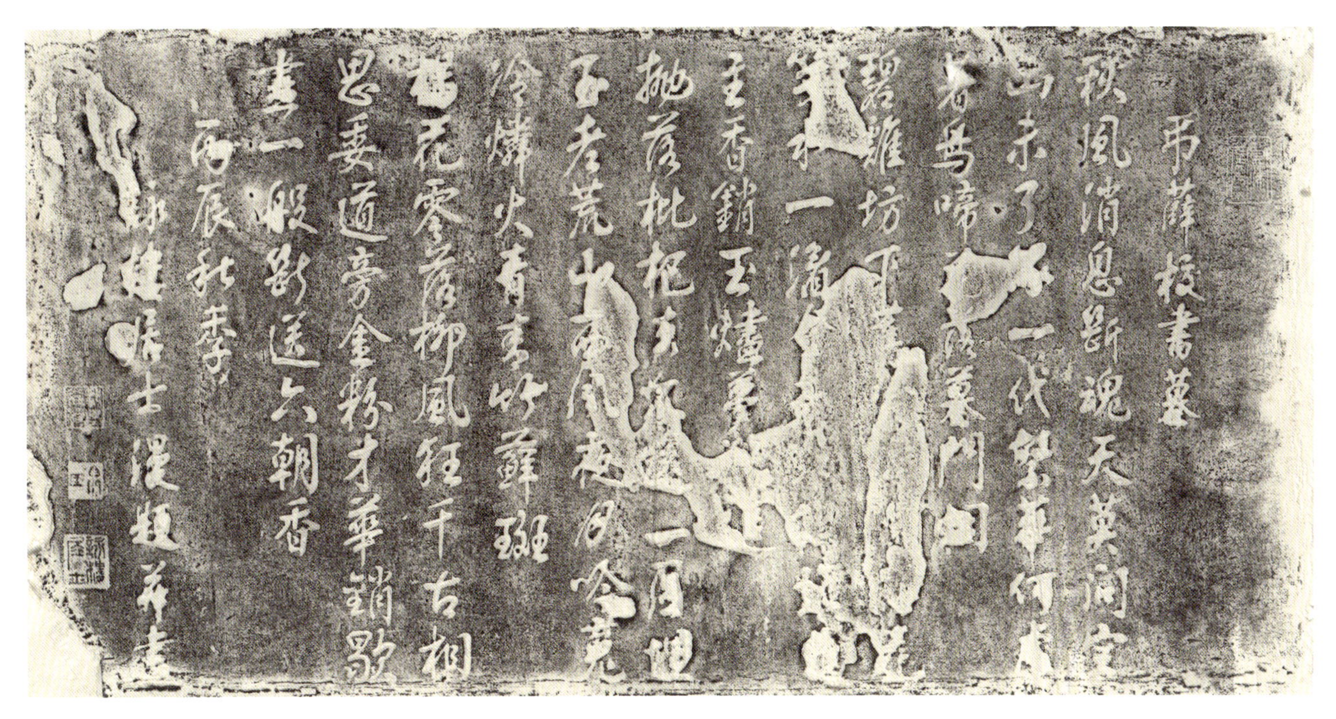

清邹光绶《吊薛校书墓》碑刻拓片

年代：1856年

尺寸：纵44厘米　横84厘米

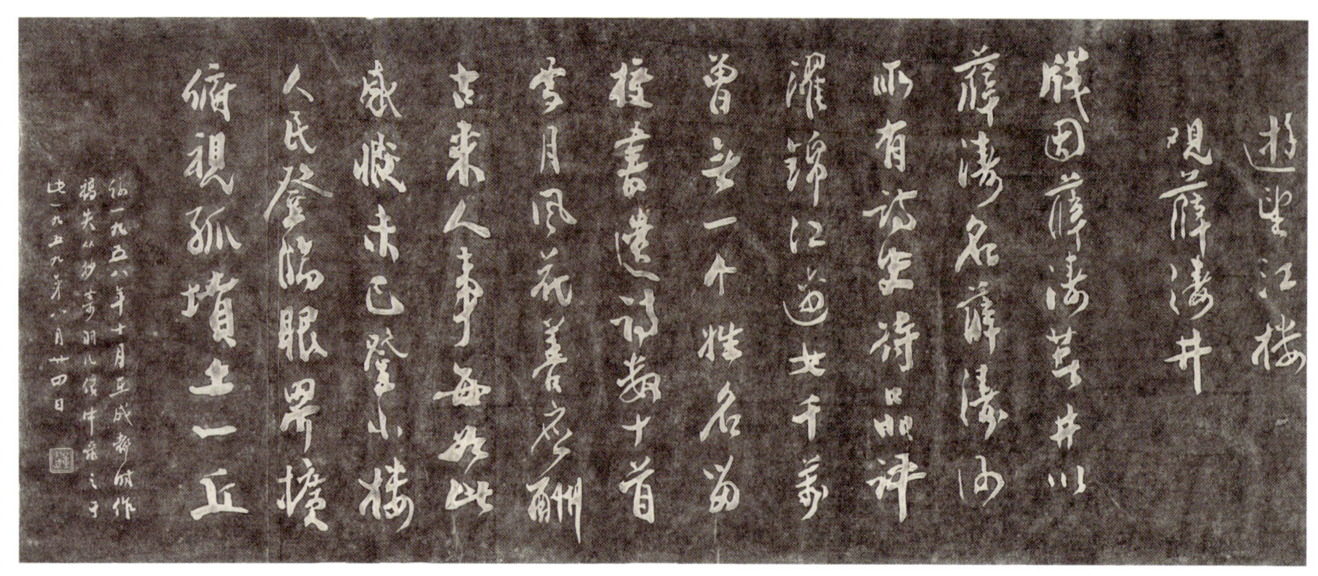

董必武《游望江楼观薛涛井》碑刻拓片

年代：1959 年

尺寸：纵 69.5 厘米　横 170 厘米

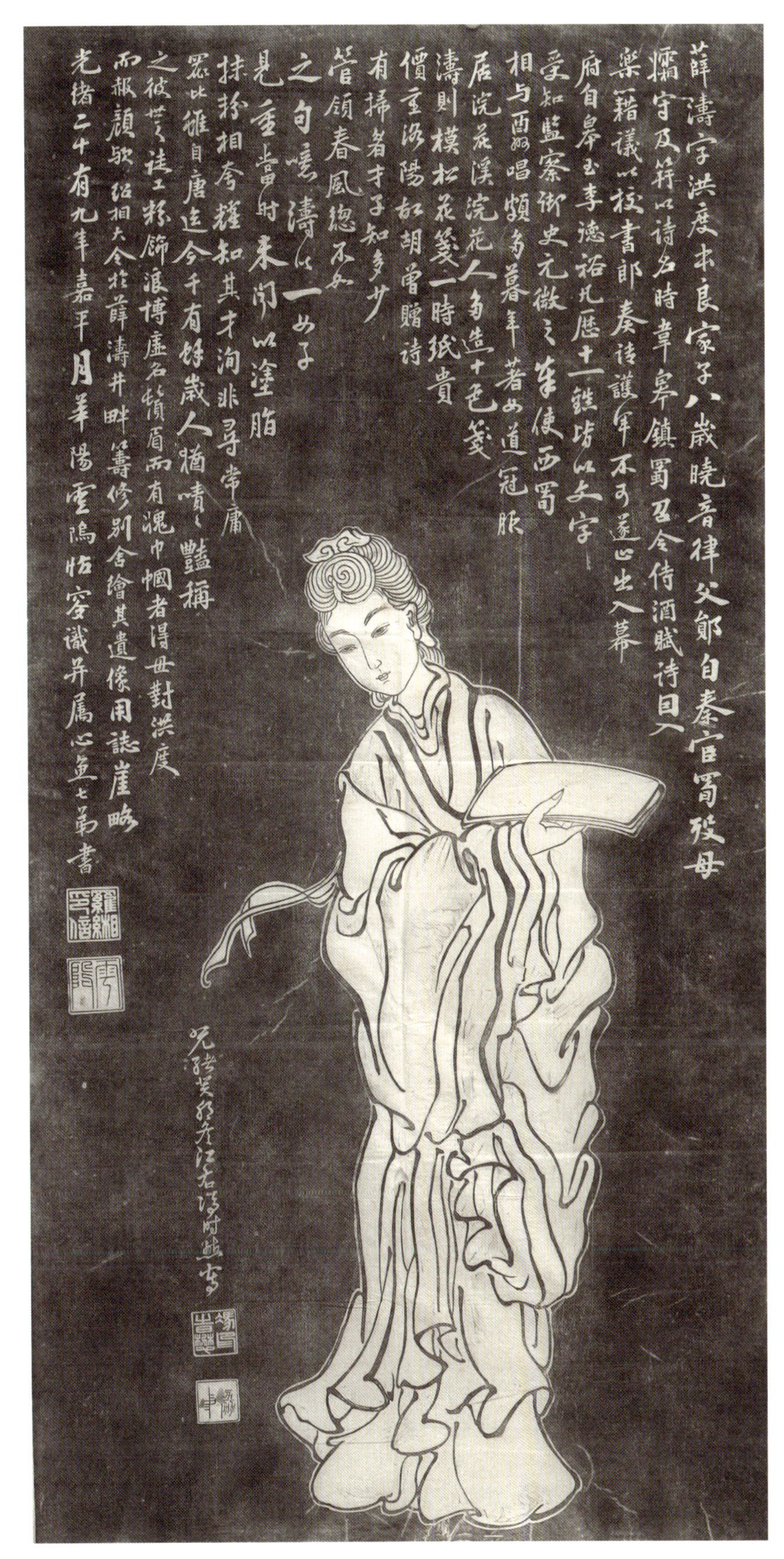

清冯时懋画薛涛像罗缃书像赞碑刻拓片

年代：1903 年

尺寸：纵 137 厘米　横 69 厘米

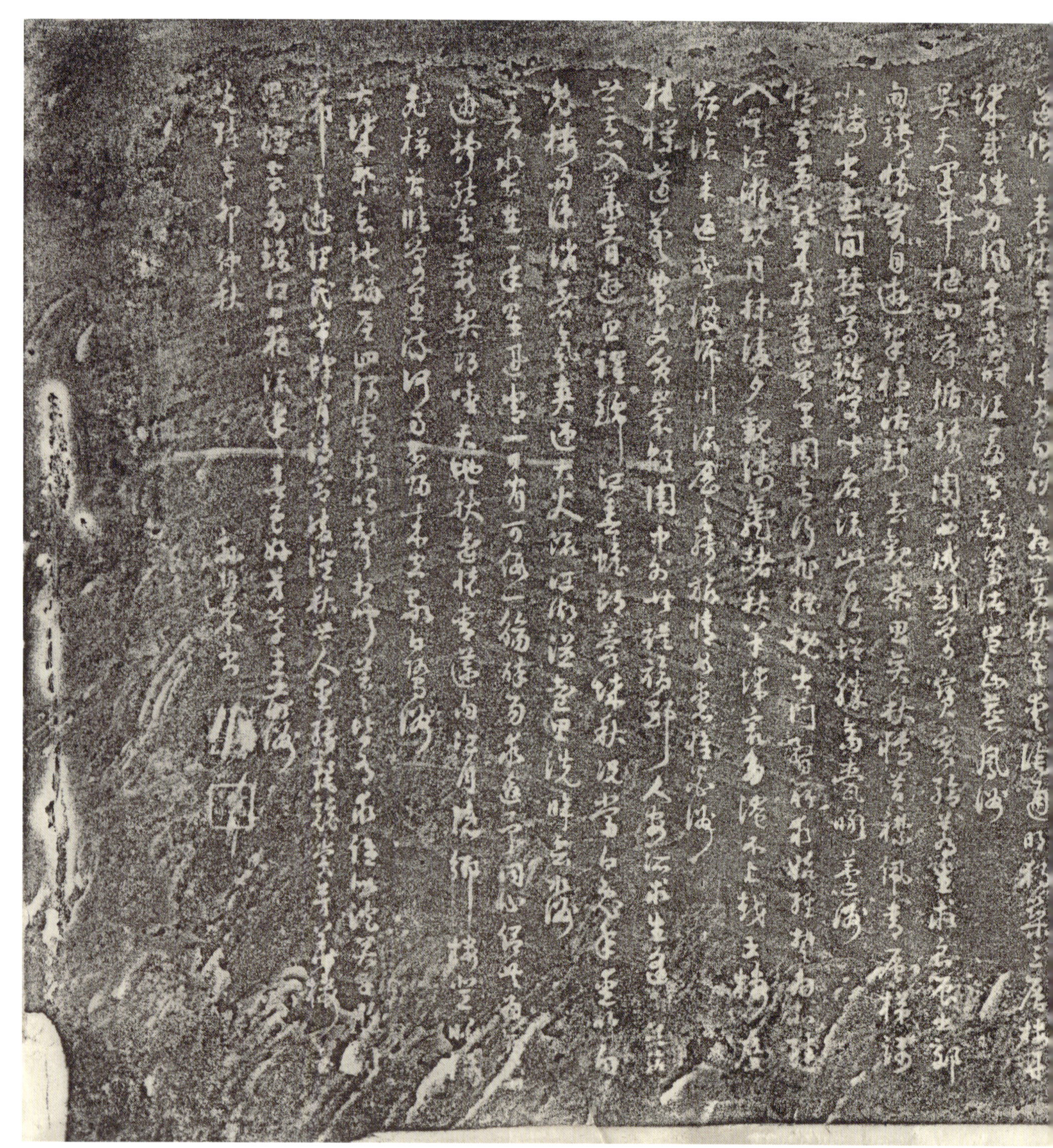

清佚名书《江楼吟诗》碑刻拓片

年代：1891年

尺寸：纵55厘米 横110厘米

清佚名书董新策《薛涛井》碑刻拓片

年代：清代
尺寸：纵41厘米　横61厘米

十一件／套

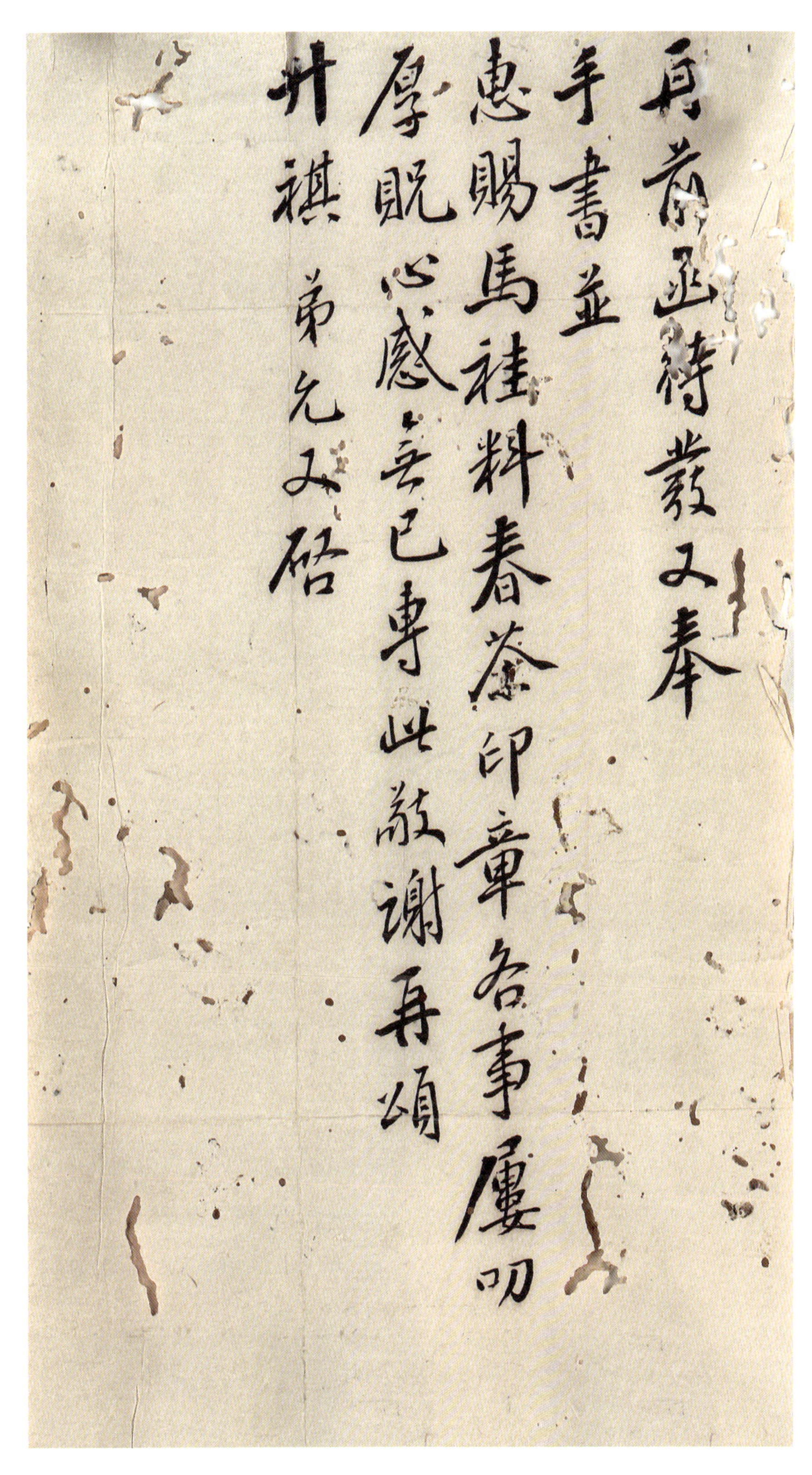

再前函待發又奉
手書並
惠賜馬褂料春茶印章各事屢叨
厚貺心感無已專此敬謝再頌
升祺　弟允又啓

“再前函待发又奉手书”书信薛涛笺

年代：清—民国

尺寸：纵 24 厘米　横 12.2 厘米

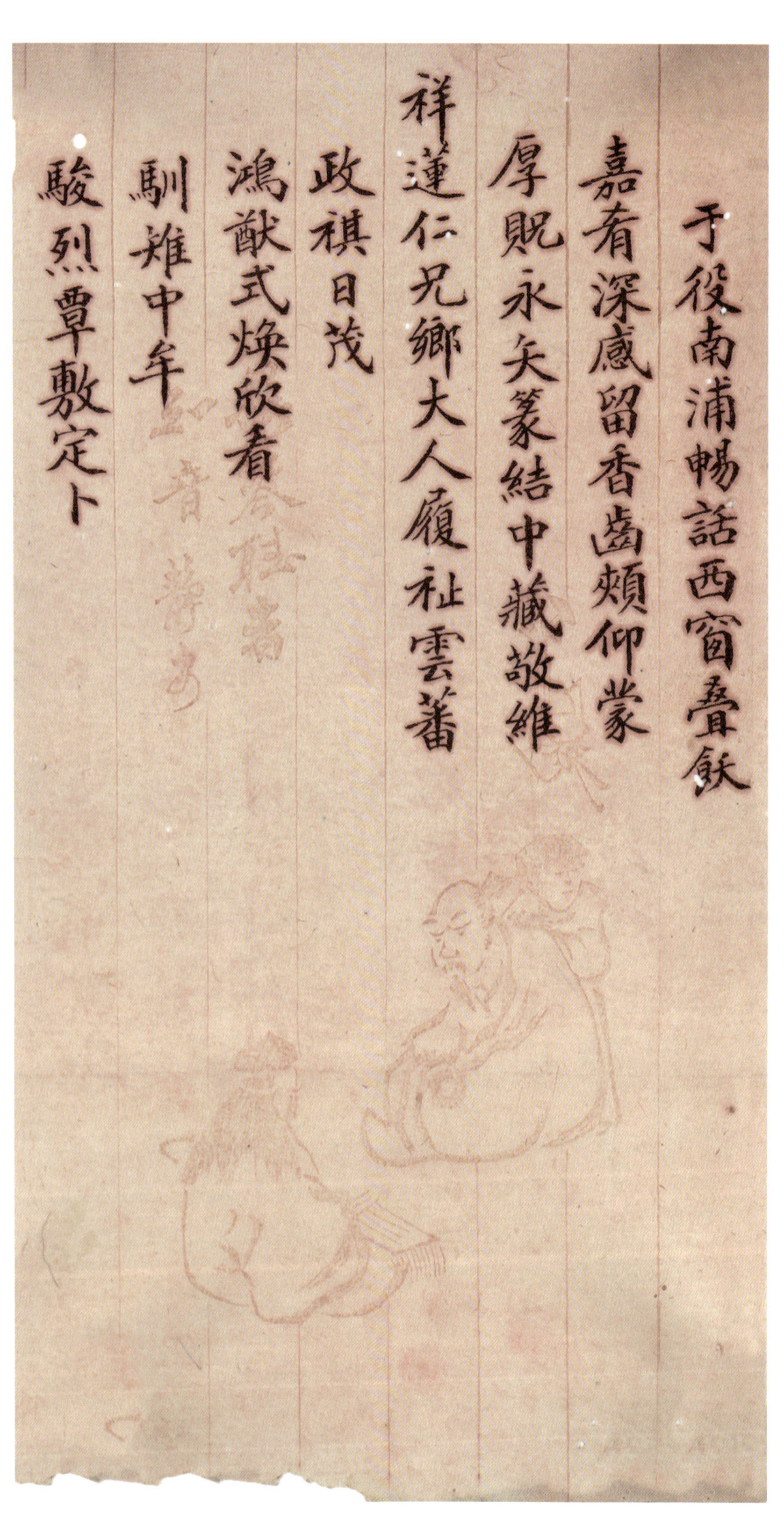

于役南浦暢話西窗疊飫
嘉肴深感留香齒頰仰蒙
厚貺永矢篆結中藏敬維
祥蓮仁兄鄉大人履祉雲蕃
政祺日茂
鴻猷式煥欣看
馴雉中年
駿烈覃敷定卜

“于役南浦畅话西窗”书信薛涛笺

年代：清—民国

尺寸：纵 24 厘米　横 12.4 厘米

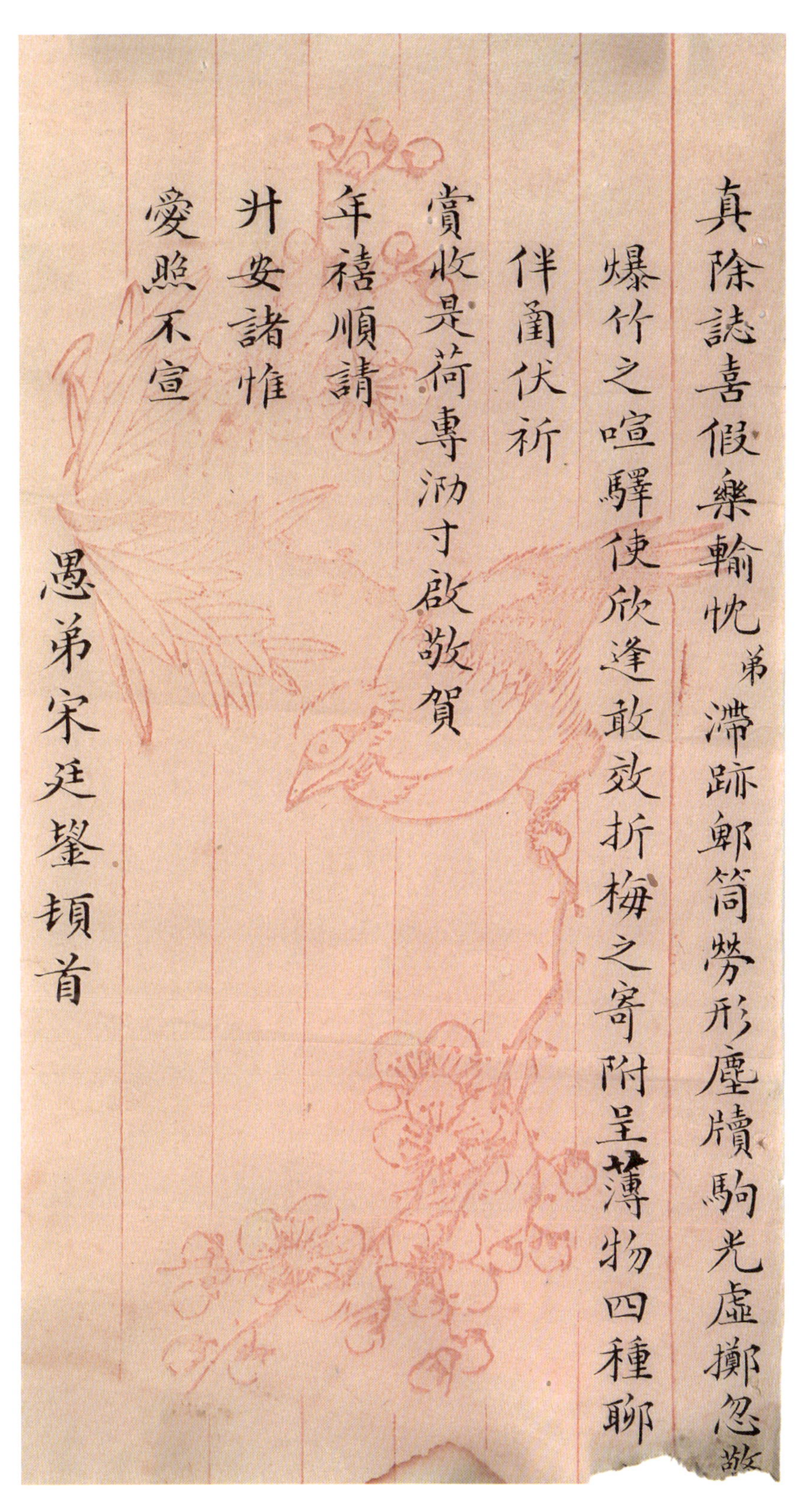

真除誌喜假樂輸忱弟滯跡郵筒勞形塵牘駒光虛擲忽敬
爆竹之喧驛使欣逢敢效折梅之寄附呈薄物四種聊
伴圅伏祈
賞收是荷專泐寸啟敬賀
年禧順請
升安諸惟
愛照不宣
愚弟宋廷鑒頓首

“真除志喜假乐输忱”书信薛涛笺

年代：清—民国

尺寸：纵 23.9 厘米　横 12.6 厘米

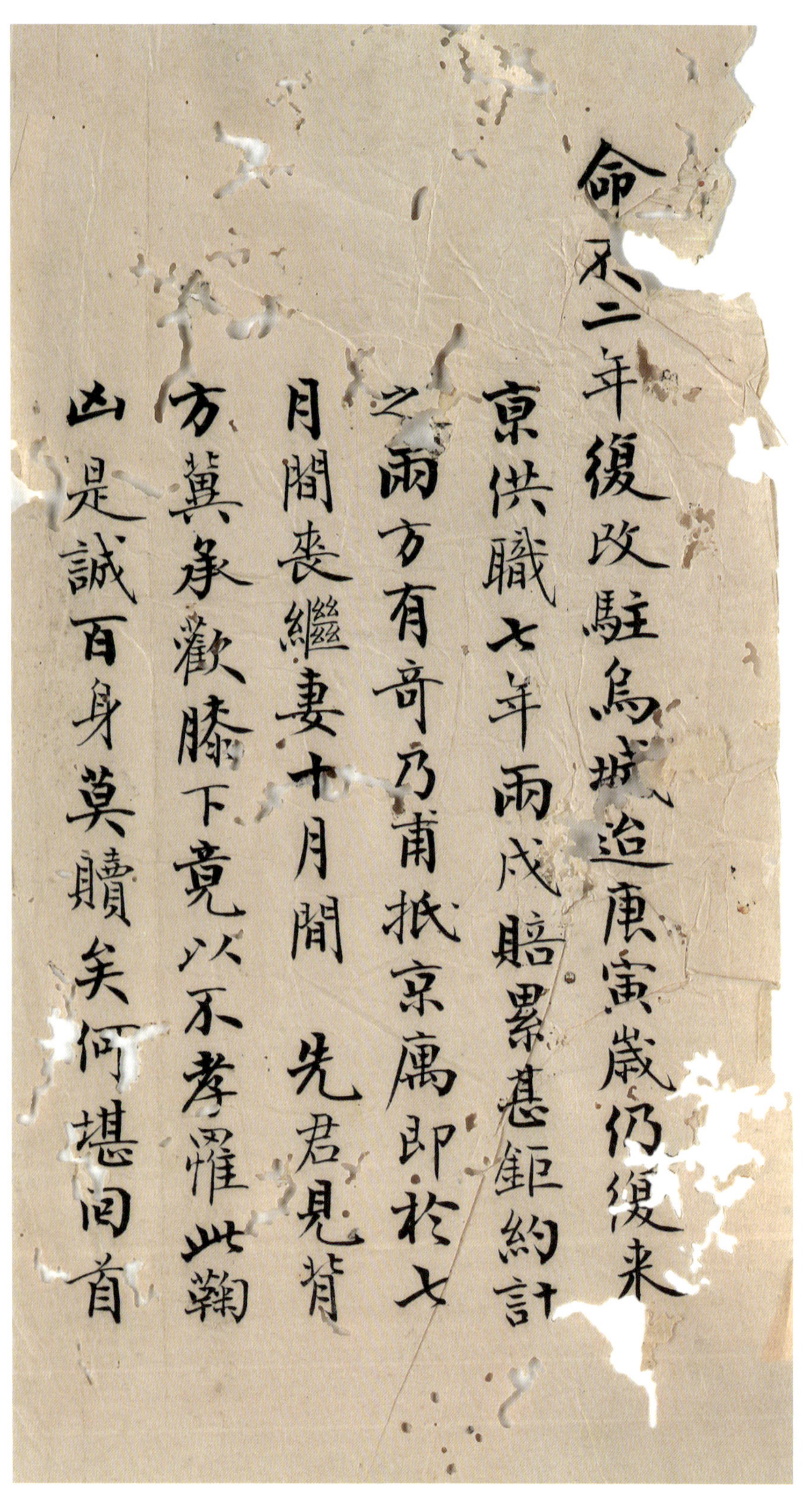

命不二年復改駐烏城迨庚寅歲仍復来
京供職七年丙戌賠累甚鉅約計
之丙方有奇乃甫抵京寓即於七
月間喪繼妻十月間 先君見背
方冀承歡膝下竟以不孝罹此鞠
凶是誠百身莫贖矣何堪回首

“命不二年复改驻乌城”书信薛涛笺

年代：清—民国

尺寸：纵 22.4 厘米　横 12.3 厘米

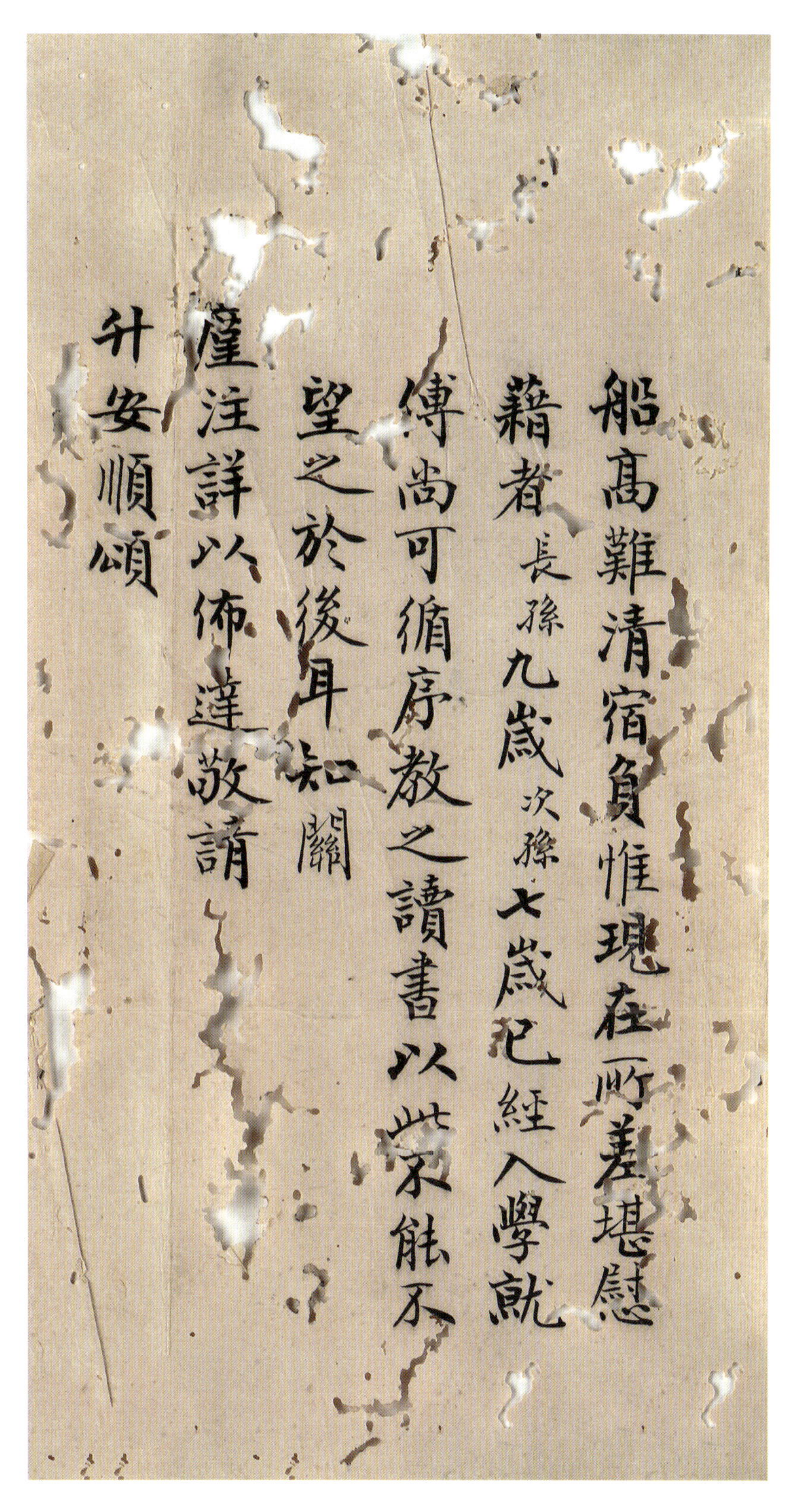

船高難清宿負惟瑰在所羞堪慰
籍者長孫九歲次孫七歲已經入學就
傅尚可循序教之讀書以業能不
望之於後耳知關
廑注詳以佈達敬請
升安順頌

"船高难清宿负"书信薛涛笺

年代：清—民国

尺寸：纵 22.4 厘米　横 12.2 厘米

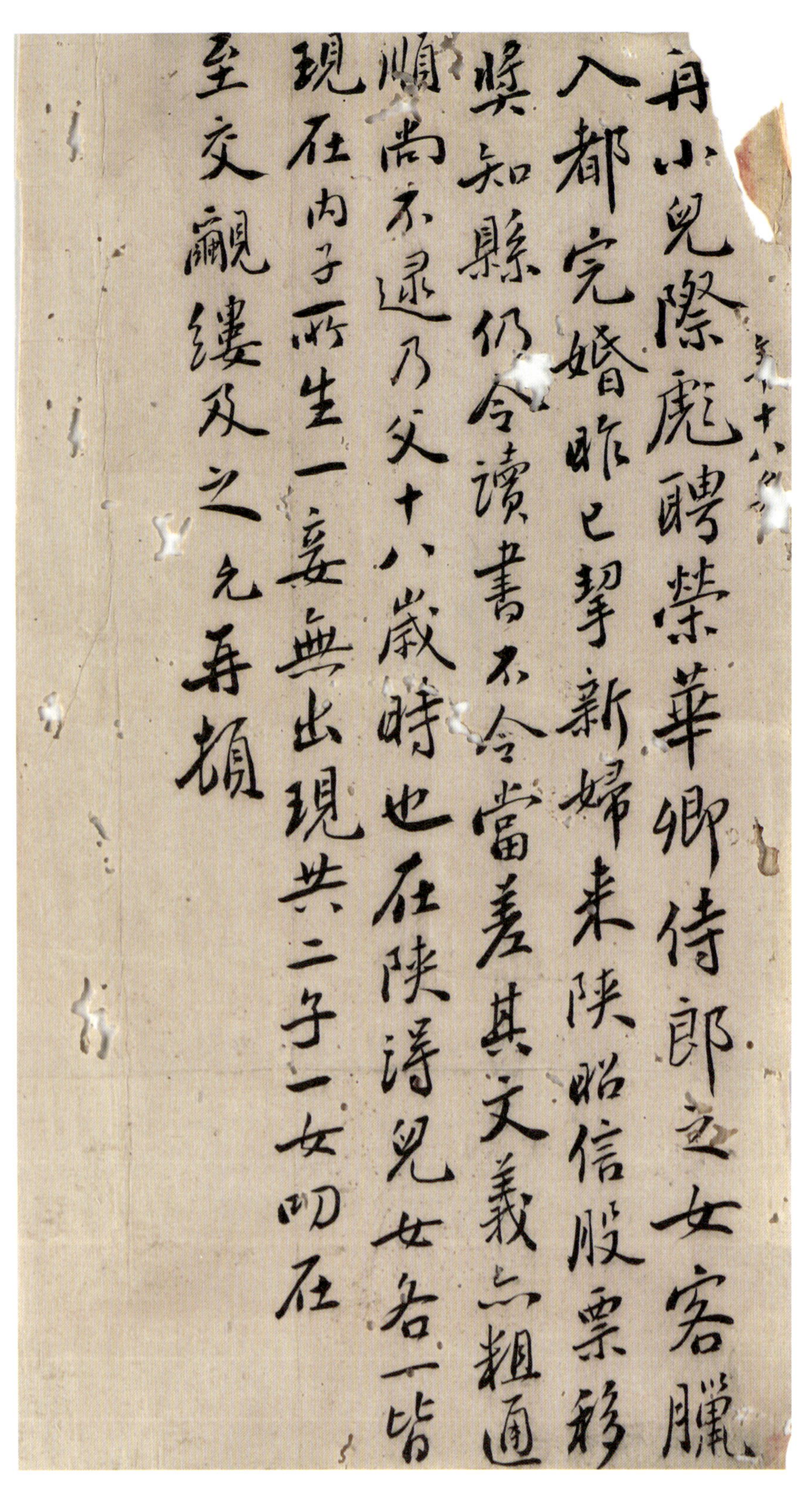

“聘荣华卿侍郎之女”书信薛涛笺

年代：清—民国

尺寸：纵 22.2 厘米　横 12.2 厘米

冯灌父绘白菊薛涛笺

年代：民国

尺寸：纵 30.5 厘米　横 22.9 厘米

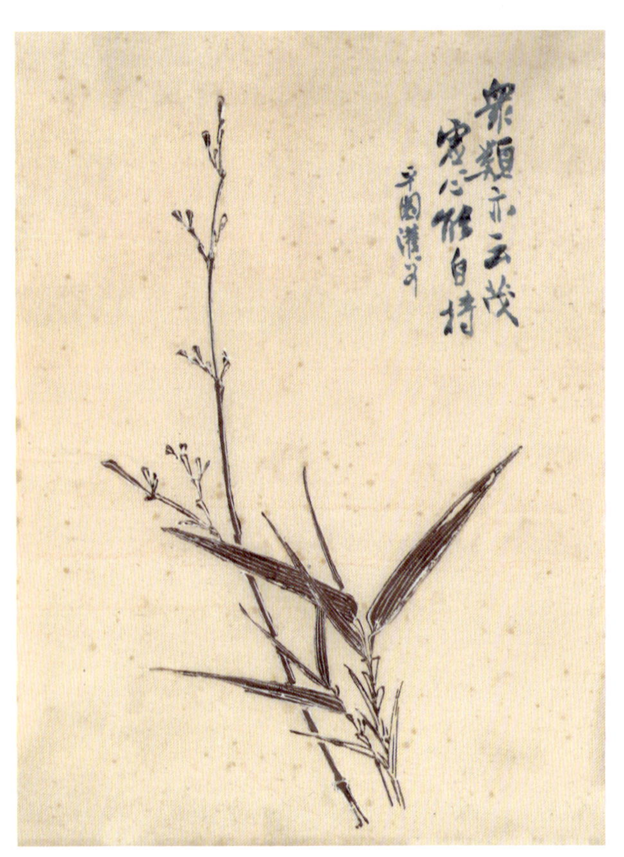

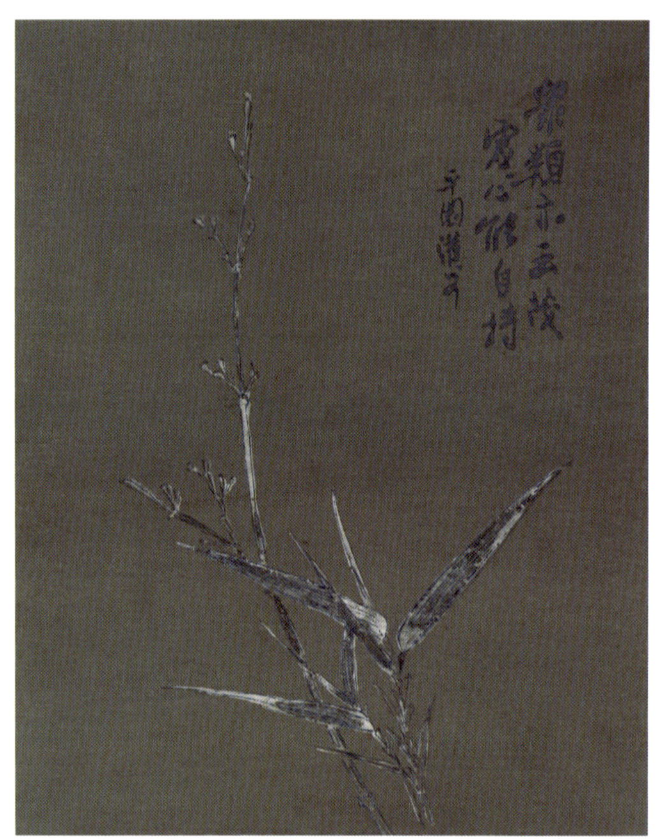

冯灌父绘紫竹薛涛笺

年代：民国
尺寸：纵 31.3 厘米　横 23.6 厘米

冯灌父绘蓝竹薛涛笺

年代：民国
尺寸：纵 31.3 厘米　横 24.5 厘米

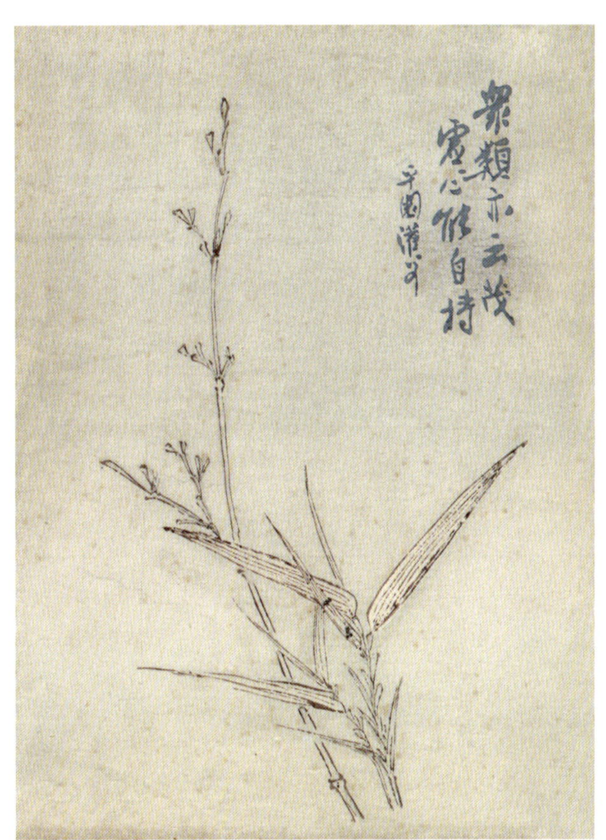

冯灌父绘白竹薛涛笺

年代：民国

尺寸：纵 31.5 厘米　横 23.6 厘米

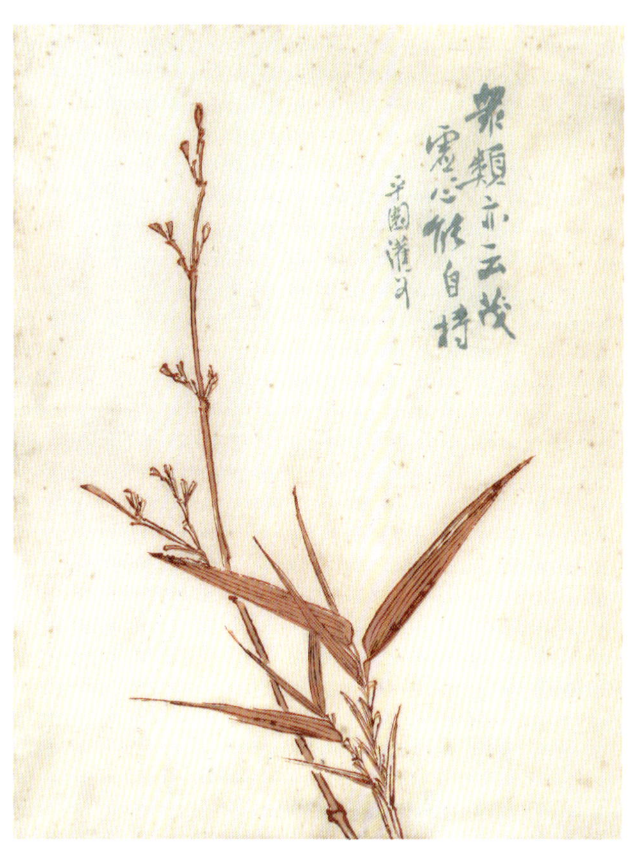

冯灌父绘红竹薛涛笺

年代：民国

尺寸：纵 30.4 厘米　横 23.3 厘米

薛涛年谱[1]

1 据张篷舟《薛涛诗笺》“薛涛年表”。

1岁 唐代宗 **大历五年**（770）[1]

薛涛原籍长安，因父薛郧仕宦入蜀，或生于成都。杜甫卒。

8-9 **大历十二至十三年**（777–778）

八九岁知声律，续父《井梧吟》曰："枝迎南北鸟，叶送往来风。"

15 唐德宗 **兴元元年**（784）

及笄时已以诗闻外，名动一时。

16 唐德宗 **贞元元年**（785）

韦皋镇蜀，诏其侍酒赋诗，入乐籍。

19 **贞元四年**（788）

与韦皋行《千字文令》。

20 **贞元五年**（789）

因事被韦皋罚赴边城松州（今四川松潘），旋即召回，退隐浣花里，创制薛涛诗笺，风行一时。有《罚赴边有怀上韦令公》二首、《罚赴边上韦相公》二首、《十离诗》十首。

33 **贞元十八年**（802）

韦皋奏请授薛涛校书郎。

37 唐宪宗 **元和元年**（806）

高崇文充剑南西川节度使。有《贼平后上高相公》，与高崇文行《一字令》。

39 **元和三年**（808）

武元衡奏请授薛涛校书郎。有《续嘉陵驿诗献武相国》《上川主武元衡相国》二首。

39 **元和四年**（809）

元稹授监察御史，出使东川。严绶遣薛涛至东川晤元稹。有《四友赞》。

40 **元和五年**（810）

有《赠远》二首。

46 **元和十年**（815）

有《别李郎中》。

49-51 **元和十三至十五年**（818–820）

有《浣花亭陪川主王播相公暨寮同赋早菊》。

52 唐穆宗

长庆元年（821）

段文昌充剑南西川节度使。有《段相国游武担寺病不能从题寄》《赠段校书》。元稹入翰林，为中书舍人承旨学士。元稹有《寄赠薛涛》，薛涛有《寄旧诗与元微之》。

55

长庆四年（824）

白居易有《与薛涛》。

58-63 唐文宗

大和年间（827–832）[2]

晚年居城西碧鸡坊，好道士装束，创吟诗楼，但息其上。

62

大和五年（831）

李德裕于大和四年充剑南西川节度使。至李德裕，历事十一镇。有《筹边楼》。

63 岁

大和六年（832）

薛涛逝世。有《棠梨花和李太尉》。刘禹锡有《和西川李尚书伤孔雀及薛涛之什》。

大和七年（833）

段文昌大和六年十一月充剑南西川节度使，七年抵镇，为薛涛撰墓志。

1
薛涛生年学界暂无定论，认可度较高的有：大历三年（768）、大历五年（770）、建中二年（781）。此处依循《诗笺》大历五年斗之论。

2
元代费著《蜀笺谱》：“（薛涛）晚岁居碧鸡坊，创吟诗楼，偃息于上。”按唐代张九龄《唐六典》：“六十为老。”大和三年薛涛60岁，故以大和元年至六年之间为薛涛晚年。

现存望江楼古建筑群建于清代，包括崇丽阁、薛涛井、濯锦楼、吟诗楼、浣笺亭、五云仙馆、流杯池、泉香榭、清婉室，总称望江楼。望江楼古建筑群布局精巧，构思奇特，是明清两代为纪念唐代著名女诗人薛涛而先后在此修建的，民国时辟为公园，是成都市内著名景点。2006 年 5 月 25 日，被国务院批准列入第六批全国重点文物保护单位名单。

简介

崇丽阁

又名望江楼，始建于清代光绪十二年（1886），建成于光绪十五年（1889），成都的标志性建筑。该楼为全木穿榫结构，石砌基座，总高 27.9 米，上下共四层，一二层四方四角，三四层八方八角，每层屋面均施绿色琉璃瓦，砖雕塑脊，光彩华贵，四层阁顶内正中五级“凤凰戏牡丹”藻井线条洗练，色彩绚丽。占地面积 166 平方米，楼台长宽各 14.6 米，楼底层平面长宽各 6.1 米。撑拱、垂莲均施彩绘，灰塑鎏金宝顶，底层阁廊宽敞，每方皆有四柱，四周为石栏。阁内有梯，可通顶楼，基座圆柱上刻有清代戏曲。在四角转为八角的交接处，处理得浑然一体，自上而下，层层内收，结构精巧。阁内二楼独悬一上联：“望江楼，望江流，望江楼上望江流，江流千古，江楼千古。”底层挂有清末四川江津才子钟云舫撰写的长联。崇丽阁为研究中国古代建筑史特别是清代楼阁建筑提供了宝贵的实物资料，为望江楼公园古建筑群中最主要的建筑，具有十分重要的文物价值。

崇丽阁

薛涛井

井台为石质圆形莲花台座，有石盖，井口呈八角形，井台直径5米，井口径为0.75米。薛涛井之说，始于明代。明代每年三月初三，明蜀藩王汲玉女津水，仿制薛涛笺入贡朝廷，自此民间始称玉女津为薛涛井。井后牌坊红墙碧瓦，斗拱彩绘，书刻俱佳。清康熙三年（1664）成都知府冀应熊为井后牌坊题写苍劲有力的“薛涛井”三个大字，此后便正式称为薛涛井，成为后人纪念、凭吊薛涛的重要遗迹。井旁立有《寄蜀中薛涛校书》碑1通，红砂石质，高1米，宽0.5米。薛涛井作为望江楼公园古建筑群建筑之一，具有重要的文物价值，是研究古代制笺和茶文化的翔实例证。

濯锦楼

始建于清嘉庆十九年（1814），咸丰初毁于兵燹，光绪年间重建。自古以来，成都织锦业发达，锦工所织之锦经锦江水洗涤，色彩分外鲜亮，故锦江又名濯锦江。该楼面临锦江，因此得名。濯锦楼坐东向西，为全木穿榫结构，建在石砌台阶上，面阔五间、21.8米，进深7.3米，占地面积160平方米。楼四方有回廊，重檐，素筒瓦屋面，简洁大方，抬梁式屋架，四角飞檐起翘、深远轻盈，正面及左右两侧设垂带式踏道。该楼为三楹两层，四周雕花格门窗，二楼有观景平台，楼内各柱雕有五彩点金的“二十八星宿”，柱上撑拱为云龙透雕。整楼形似画舫，布局与江岸平行。濯锦楼为望江楼公园古建筑群主要建筑之一，是研究中国古代建筑史的重要实物资料，具有十分重要的文物价值。

吟诗楼

始建于清嘉庆十九年（1814）。光绪二十四年（1898）重建。吟诗楼在崇丽阁东侧，坐东向西，一边临江，砖木结构建筑，面阔四间11.7米，进深3.8米，占地面积146平方米。吟诗楼进深二间，重檐卷棚顶，抬梁式梁架，素筒瓦屋面，简洁大方，正心间高于两侧次间，东侧两间，西侧一间。精巧玲珑，二层三叠，四面轩敞，与江面平行，翼角达12个之多。薛涛晚年居碧鸡坊，建吟诗楼，原址早已无处可寻，清代人为纪念她，始建此楼。吟诗楼作为望江楼公园古建筑群主要建筑之一，是研究中国古代建筑史的宝贵例证，具有重要的文物价值。

薛涛井

濯锦楼

吟诗楼

浣笺亭

清嘉庆十九年（1814）由四川布政使方积、成都知府李尧栋为纪念女诗人薛涛制笺而建。咸丰初年，毁于兵燹。清光绪二十四年（1898）由马长卿等重建。浣笺亭建筑颇有特色，坐南向北，为亭、房混合建筑。该亭实为半亭，与一楹五开间建筑连为一体。亭为攒尖顶，素筒瓦屋面，檐角翼然飞翘，堪称壮观。与亭相连的五开间悬山抬梁式建筑，面阔五间 17.3 米，进深三间 7.2 米，通高 6.9 米，建筑面积 144.5 平方米，白墙花窗、朱柱青瓦，整座建筑古朴庄重，风格独特。

五云仙馆

为砖木结构建筑，建于清光绪二十四年（1898），由马长卿倡议而建，其名取义于薛涛《试新服裁制初成》中“九气分为九色霞，五云仙驭五云车”和元稹诗《寄赠薛涛》中“别后相思隔烟水，菖蒲花发五云高”之句。薛涛居住浣花溪时，种菖蒲满门，五色云和菖蒲都是祥瑞之物，以此命名。五云仙馆坐南向北，面阔五间 16.5 米，进深 4.8 米，占地面积 79.2 平方米，前有廊，悬山顶，抬梁式梁架。屋面为青瓦铺设，房顶均为两坡，青砖砌脊，简洁明快，半装台墙，碎花木门窗。五云仙馆作为望江楼公园古建筑群建筑之一，具有重要的文物价值。

流杯池

修建于清光绪二十四年（1898），位于五云仙馆门前，由荷花池及三座小桥组成。每到夏日垂柳掩桥，流水潺潺，荷花送香，风景如画。

“流杯池”三个大字由四川省著名画家、书法家吴一峰书。流杯池主体由 3 米见方的青石板刻曲槽而成，流觞曲水，呈东西向，供酒杯漂水流动用。流杯池呈东西向，全长 57 米，东为长方形水池，西为圆形荷塘，直径 13 米，中有小溪东西相连。流杯池主体为成都地区仅有的造型特殊的石刻作品，具有较高的文物价值。

浣笺亭

五云仙馆

流杯池

泉香榭

始建于清光绪年间，位于流杯池旁假山上，拾级而上，平面呈正六边形，柱间施砖砌桌凳、竹风窗。泉香榭现存建筑为仿竹正六边形小亭，6 根砼柱托起树皮盖尖，造型简洁、明快、大方，别具特色。此亭指取薛涛井水煮茶品茗，格外清香。泉香榭在望江楼公园古建筑群中虽为小品，却在园林配置中占有重要地位。

清婉室

建于清光绪二十九年(1903)，由马长卿倡议而建。其名取自《诗经·齐风·猗嗟》“猗嗟娈兮，清扬婉兮”中的“清”“婉”二字，以称赞薛涛诗品及人品。清婉室为木结构穿榫抬梁式建筑，坐西向东，一楹三开间，面阔 11.6 米，进深 3.5 米，占地面积为 41 平方米。悬山式屋顶，屋面为青瓦，一脊两坡，青砖素脊，花格透光木雕门窗，朱柱。石砌台基，明间前置垂带式踏道三级。整座建筑小巧玲珑，轻盈淡雅。清婉室作为望江楼公园古建筑群建筑之一，具有较高的文物价值。

泉香榭

清婉室

大事记

明洪武年间（1371年前后）	薛涛井或于宋元时已存，明蜀藩在此设制笺场所。
清康熙年间（1667–1684）	成都知府冀应熊书“薛涛井”。
清乾隆六十年（1795）	编修周厚辕、通判汪镌于薛涛井碑两侧刻王建诗及周厚辕和诗碑。
清嘉庆十九年（1814）	因癸酉之变，嘉庆帝敕令各府县建雷祖庙。四川总督常明据此于薛涛井左侧建庙，四川布政使方积、成都知府李尧栋建吟诗楼、浣笺亭、濯锦楼。或于雷祖庙侧新建武圣宫。
清咸丰同治年间（1859–1865）	李蓝农民起义，雷祖庙、吟诗楼、浣笺亭、濯锦楼毁于兵燹。武圣宫亦或同毁。
清同治五年（1866）	成都知府孙濂重建雷神庙。
清光绪十二年（1886）	慨同庆阁（回澜塔）毁后科第衰微，蜀绅马长卿等募资修建崇丽阁（望江楼）、重建濯锦楼。
清光绪十五年（1889）	崇丽阁落成。
清光绪二十年（1894）	钟云舫避难成都，登览崇丽阁，撰“几层楼独撑东面峰”长联。
清光绪二十四年（1898）	重建吟诗楼、浣笺亭，新建五云仙馆、泉香榭、流杯池。
清光绪二十九年（1903）	新建清婉室、枇杷门巷。
中华民国十七年（1928）	国民政府开辟公园，挂匾“成都市第一郊外公园”。于雷神庙侧重建武圣宫。
1952年	成都市军事管制委员会接收公园，维修古建筑，恢复楹联匾额。迁建武圣宫，更名为“锦江春色”。
1953年	公园更名为“成都市望江楼公园”。
1963年	整修流杯池，雕吴一峰所书“流杯池”三字于石栏杆上。
1980年	重建枇杷门巷。
1981年	望江楼古建筑群被列为成都市文物保护单位。
1991年	望江楼古建筑群被列为四川省文物保护单位。
2006年	望江楼古建筑群被列为全国重点文物保护单位。

薛涛研究

《薛涛诗笺》自序

* 张篷舟

予童时在成都，常游望江楼，爱其地近水遥山，茂林修竹，杰阁崇楼，古井香茗，城中绝少此趣，曾仿“西湖十景”为江楼十景，盖十二三岁时事也。后读《薛涛诗》，悯其人之坎坷，慕其辞之秀美，于一九二五年在成都《晓光日报·春华周刊》发表《薛涛的诗》一文，为予研究薛涛之始，时年二十又一矣。一九二九年婚后，予妻杨瑞瑛助予整理旧稿，合薛涛、曼殊之诗及其事迹为一集，题曰《浪漫二诗人》，袁晓园署耑，一九三三年刊行于上海之南京书店，为予出版薛涛一书之始。一九三四年妻逝，予亦无心为此矣。一九三六年上海《大公报》创刊，予弃教职为记者，后此数十年迄至退休，皆在《大公报》编辑部工作。一九四二年春，予自桂林调驻成都，重游望江楼，识管理员洪蔗农，时值强敌压境，抗战方殷，避居成都者甚众，多以不知薛涛为憾，蔗老闻予有旧作，怂恿重刊，遂自《浪漫二诗人》中析出薛涛一篇，由康岱莎书眉，是秋再版于文言出版社，旋即售罄。次年三版，添列《元薛因缘·薛涛的字·江楼联选》三章，由川剧名女优鹤卿题签，其书不久亦毕。时岭南画家关山月由青海来成都，特以三日时间为予绘《吟诗楼图》一帧，岭南画派以写生擅长，关画于丛竹技法尤为独创。摄影家高岭梅拍摄望江楼风景十余帧，漫画家丁聪铅笔速写《枇杷门巷》一帧，悉以馈予，均可感也。国画家张大千适自敦煌归蜀，偶尔论及望江楼所立冯协中绘薛涛像碑，谓其大袖长裙，履尖不露，乃是宋人服式，不类中唐妇女。渠为唐画权威，其说启予求画之请，渠亦欣然允诺，惟久不着笔，予亦不敢敦促。一九四五年抗战胜利，予奉调返沪，工余有暇，因购《全唐诗》遍查与涛唱和之作，终亦寥寥。一九四七年大千自蜀来沪，出其峨眉所作《薛涛制笺图》赠予，画为六尺条幅，工笔立像，描金彩绘，且用明纸明墨，弥足珍贵。关、张两画，予于一九四七年介绍于《中国生活》画报，用十一色橡皮版影印，流传甚广。时同事许君远游美归来，见予整理涛集，承告在美曾识 Miss Genevieve Wimsatt（许译温赛特，予译魏莎），知伊著有《薛涛传》一书，惟其通信处则已遗忘，予闻之惊异，辗转得其住址，遂与两次通信，并承赠其一九四五年在美出版之《A Well of Fragrant Waters》，此书已由予子阿晶于一九四八年暑假中译为《芳水井》一卷。予因亦寄与关、张两画之影印品，伊得之甚喜，谓将加于所著书中。后以上海解放，彼此不通问者，今亦三十余年矣。又：画家钱瘦铁见予所购《女子习字帖》载有所谓涛书《美女篇》，谓此帖真迹为渠友徐小圃医生所藏，予因其介绍，借得原件，用珂罗版依式影印，初亦以为果系薛涛遗墨矣。其时解放战争之渡江作战迫在眉睫，物价飞涨，予罄数月工资，犹不足排印购纸之需，幸获友人之助，始于一九四九年春印成精装、线装、平装各若干部，书眉薛涛二字，则予妻遗墨也。予于此书《后记》中云："这一次算是我第四次重印《薛涛》一书了，将近三十年的采访与研究，在我已是尽了最大的努力，研究工作也许就此要告一段落。但，我仍不希望这就是个定本。"解放后，予始学习马克思列宁主义、毛泽东思想，始知前此治学方法，率多唯心史观、形而上学，未能科学说明问题，尤以读书不多，见闻有限，所著并无独到之处。后以奉调来京，遂以多年业余时间，专在北京图书馆搜阅所藏秘书珍籍，大开眼界，搜集不少前所未见之薛涛资料，抄稿盈屉，书影照片亦渐积至十余帧矣。一九五六年成都市文化局征予所藏关、张两画，予并魏莎之《芳水井》原书，予所存第四次刊本《薛涛》线装十余部，及插图铜锌版等，概行捐献。次年予因公至蓉，曾在望江楼之五云仙馆陈列室见所捐献之书多已展出。又承文化局以彭云生所著《薛涛丛考》原稿交予过目，乃知渠亦并无创获。时予在北京图书馆善本室得见南宋赵孟奎编刻之《分门纂类唐歌诗》残本十册，中载涛诗《浣花亭陪川主王播相公暨寮同赋早菊》五律一首、《朱槿花》七绝一首，皆各本薛涛诗所未录者。又《题从生假山》七绝一首，下阕十字，极为可惜。一九六零年冬在北京图书馆得见明人陈与郊所著《鹦鹉洲》杂剧清抄本，此正日人青木正儿之《中国近世戏曲史》所未见者，以其涉及薛涛，亟为过录，但抄本脱误甚多，次年九月又见《古本戏曲丛刊·第二集》有影印明刻原书，因得据以校改，并请梅兰芳、欧阳予倩为题书签，连同其他资料数种，一并装帧庋藏，以为研究之资。一九六五年十月予退休后，得专力在北京图书馆柏林寺书库阅览，获见清道光时熊斌刻本《鸿雪偶存》中有清嘉庆时兴建吟诗楼、浣笺亭之最早纪载，乃确知明初至清初，望江楼其地只一所谓薛涛井耳。一九七三年秋间重游望江楼，归后乃又重新整理旧稿，并在首都图书馆参考部浏览，荏苒数年，冲寒冒暑，而予之《薛涛诗笺》终得写成，夙愿偿矣。以上所述，为予研究薛涛之全部过程也。由此观之，治学之难，点滴积累，固非容易，有所创见，尤其难能。予耄矣，今后如终不得见涛之《锦江集》、足本《分门纂类唐歌诗》及段文昌为涛所撰墓志原文，则此笺虽不敢称即已详细占有材料，而可见者似亦尽有矣。至于研究方法，此笺内容较前迥然不同，其叙述观点似由感性认识进于理性认识，论断各事似由主观趋向客观，此殆学习辩证法之效果欤。附记或难数条，不过伸其余意云尔。

或难予曰：君穷数十年精力，治此无关重要之事，无关重要之人，无关重要之诗，果何益耶？予对之曰：事之有益无益，视其自身有无价值，客观有无需要，有之应即有益。夫薛涛，以诗名世，治中国文学史者，每多论述，妇女文学史尤然，其在诗坛地位即非无关重要者。况其代所创笺式，驰誉千载，而成都之望江楼公园，至今传为涛之遗迹，读其诗，慕其人，游其地者，多以不能详其事为憾，予之《薛涛诗笺》或可供其参考，岂得谓为无益哉。且予研究薛涛，多在业余时间，时断时续，亦非专力从事，故其成效甚迟。幸能锲而不舍，终得成篇，尤其在解放后学用辩证方法，使长期模糊影响之有关旧说，多所澄清，而此一古代女诗人之真相渐显，殆非毫无益处者。毛主席之言曰：“从孔夫子到孙中山，我们应当给以总结，承继这一份珍贵的遗产。”又曰：“如果你能应用马克思列宁主义的观点，说明一两个实际问题，那就要受到称赞，就算有了几分成绩。”予之研究虽不及毛主席所论之范畴，然其方向应属无讹，故对予之努力似亦有应肯定者。

或难予曰：薛涛不过唐时一妓女耳，君乃郑重如此，何耶？予对之曰：旧时妇女之沦为妓女，皆旧社会腐朽制度之使然。而妓女之情况，代亦不同，唐之乐妓，即非近世之专操淫业者可比。然古今妓女同为政治上受压迫、经济上受剥削之人，对此不予同情，而反加以鄙视，得非道学观念作祟乎！况涛为乐妓，只在青年时期中之四五年，处此亦以诗才显，过此即以诗人终，亦非少则为妓，老则为鸨者，安得视为一度为妓，即终身皆妓哉。涛脱乐籍后，当时之武元衡奏为校书郎，王建称为女校书，即皆不视为妓矣。清末楼藜然序陈矩所刻《洪度集》云：“况今震旦维新，女校林立，使涛生于今日，教习员中必当高置一席。”夫少数封建士大夫尚能因应时代，有此明见，岂今人反而不及古人耶？

或难予曰：君之此笺，能否自信即于其诗、其人、其事，已臻于完善之境耶？予对之曰：此则不能。以薛涛诗言，未见者至少尚有五分之四，以现有诸诗之笺注言，即有笺注不出者，如“司蒡芙蓉草绿云”句，已明言之矣，然予恪守“不知为不知”之义，亦不敢妄加诠释，即已笺注者，亦未必皆是，但此笺为薛涛诗有笺注之始，或亦可作抛砖引玉之端耶。又以薛涛传言，涛之卒年考证，可信确凿，余者皆据唱和诸诗，关联诸事，推理立言，涛之本集未见，墓志不出，即亦不敢自必矣。其他各篇，一事一题，纲举目张，有话则长，无话则短，其于体制似尚无关，若欲臻于完善，必俟将来陆续增修，或乃可及，故予仍不希望此即定本。

予序虽竟，犹思能以简要数语，概括薛涛其人、其事，因录一九七三年秋重游望江楼时所作七律二首作结，用附于后：

薛郎才女剧堪怜，乐籍强加又罚边。
节度飞扬谁得制，校书人奏亦空谈。
残篇幸有《洪度集》，一幅难留薛涛笺。
浪说诗人千载后，文昌墓志恨无传。

薛坟确在锦江滨，郑谷《蜀中》记最真。
染纸溪西邻杜宅，吟诗城北接扬亭。
明初顿说井一口，清末新添楼两楹。
传会薛涛楼与井，东郊饯别好登临。

时在一九八一年秋，成都张篷舟书于北京之寓斋，年七十有八。

唐代女诗人薛涛传奇人生要事论辩

《地方文化研究辑刊》（第八辑），2015 年

* 祁和晖

一、薛涛在中国文化史上的地位

薛涛今存诗作，清初《全唐诗》辑入 89 首。今日，张篷舟及其子、媳、孙女所编纂的《薛涛诗笺》集薛涛诗 80 题、92 首。以成都薛涛研究会、薛涛纪念馆编辑出版的《薛涛诗》为最全，集成薛涛诗 81 题、93 首。

研究薛涛的诗，固是一个重点。但对薛涛还不能仅以一介诗人视之，而应从中华文化史角度审视其地位。薛涛在唐诗史、中国书法史、特殊造纸史上都各有一席之地。简述如下：

1. 薛涛是唐代女诗人存诗最多的名家

按《全唐诗》所收百余女诗人中，存诗最多的前四名为：薛涛 89 首，鱼玄机 51 首，武则天 46 首，李冶 16 首。其余 106 人，每人存诗不足 10 首。还有些女诗人仅留名而无诗。薛涛诗，视野甚宽，有边塞诗、交游诗、爱情诗、述志诗、咏物诗等。其艺术构思巧妙，用语灵动，受到当时名士元稹、刘禹锡、杜牧、王建、武元衡、段文昌等的喜爱叹赏。后世主流评价亦高。她以诗受知于节镇达官、名人雅士，得元稹倾慕，为王建激赏。王建《寄蜀中薛涛校书》咏叹：

万里桥边女校书，琵琶巷里闭门居。
扫眉才子知多少，管领春风总不如。

南宋晁公武《郡斋读书志》称薛涛“工为诗”。明代唐诗研究大师胡震亨称“薛工绝句，无雌声”（无脂粉气）。唐李肇《唐国史补》曾说：“有乐伎而工篇什者，成都薛涛……文之妖也。”李肇“文妖”之论是一种激赏和不解薛涛天赋诗才因由之论。“文妖”之评，犹如宋苏轼读王安石词《桂枝香・金陵怀古》（登临送目，正故国晚秋）而惊叹，激赏之下，苏轼敬骂王荆公为“野狐精”一样。

2. 薛涛书法自成一体，在中华书史上有一席之地

中唐元稹称赏薛涛行书善为“五云体”，即“菖蒲花发五云高”。“五云体”是盛唐大书家韦陟首创的一种行书体。韦陟自我叹赏其行书之“陟”字，望之若五朵云霞。当时人称羡，称韦陟行书为“五云体”。薛涛行书已具“五云体”水平。北宋《宣和书谱》评价薛涛书法说：“作字无女子气，笔力峻激。其行书妙处，颇得王羲之法。”北宋御府曾收藏薛涛自书诗作《萱草》一帧。南宋时朝廷曾将宫中薛涛书《萱草》文物，赐奸相贾似道。贾氏败诛后，此帖佚没。宋宫收藏薛涛书法作品事，《悦生堂古迹记》有著录。

3. 薛涛是发明特殊用纸的制纸名家

她争取解除“乐籍”后，隐居浣花溪，在百花潭旁研制出便于专书小诗的小幅彩色诗笺纸型，人称“薛涛笺”，很受文人墨客欢迎。由薛涛创始，制造用以书写诗作小品的彩色小笺成为蜀纸一大产业品种，人称“蜀笺”“十色笺”，驰名中华大地。今人张秀民所著《中国印刷术的发明及其影响》一书，在“前言”中将“薛涛笺”与王羲之“紫纸”、石虎“五色纸”、梁简文帝“红笺”及“四色纸”、陈朝“彩纸”、唐朝肖诚“五色斑纹纸”媲美并论。张氏书说“薛涛小红笺”在染色纸中为上品。中唐李肇《唐国史补》书中说：“纸有蜀之麻面、屑末、滑石、金花、长麻、鱼子、十色笺。”

“薛涛笺”又称“浣花笺”“松花笺”。在唐代为文友相赠名品。元稹封相后，薛涛曾寄“浣花笺”表示祝贺。明宋应星《天工开物》说：“四川薛涛笺，亦芙蓉皮为料煮糜，入芙蓉花末汁，或当时薛涛所指，遂留名至今。其美在色，不在质料也。”“所指”即为所指导发明。

故评价薛涛，不能只从文学史、诗歌史上之明星美女文学家看，应从中华文化史大视野着眼。薛涛是中华文化史上的闪耀明星。

二、薛涛生平本事多无定论

薛涛虽然才高八斗，却身沦“贱”业，又是女性，正史不肯叙载，野史记述又常相抵触。其知名度高、传闻不少，而史料确记少，且又散漫。她的社会身份

使她进不了两唐书，她自己的诗作，身后无人着意保存，又散佚五分之四。段文昌为她所修墓志也佚而不见。故薛涛生平本事，大多无确记。今人考证亦难深入，许多大事只能靠“考辨”加猜测揣度。起码在10个问题上现在无定论，只能按各人所好，“择其善者”而从之。比如关于薛涛如下十大本事的多年研讨，仍难定论：1.生卒、年龄；2.生地乡里；3.父名；4.身份；5.生平居所；6.著述情况；7.薛涛笺之由来；8.书法作品真伪；9.薛涛画像优劣；10.薛涛生平要事状况。下面逐一简述：

1.薛涛生卒年与享年问题

薛涛，古人文献有作“薛陶”者。今以“薛涛”为共识。薛涛一生得年多少？古人、今人各执一词。有如下八说：

48岁说：见今人彭云生遗作、陈刚整理之《薛涛生卒年岁考》，此文载1981年《西北大学学报》丛刊《唐代文学》第一期。

52岁说：见刘天文《薛涛生年考辨》，载《社会科学研究》1992年第6期。

63岁说（770—832）：此说1933年由戴石岩《薛涛小传》首提，由《国专季刊》当年五月号刊载，再由张篷舟《薛涛诗笺》力证。笔者本人甚拥护此说。

64岁说：此说1931年由傅润华编《薛涛诗·薛涛年谱》提出，1959年姜亮夫编《历代人物年里碑传综表·薛涛》采录。谭正璧《中国女性文学史》及日人辛岛骁，同意64岁说。

72岁说：由通俗工具书类带出，张篷舟《薛涛诗笺》认为这类工具书中小传一带而过，又不详其生卒，“不足论”。

73岁说：此说由元费著《笺纸谱》提出，明何宇度、清熊斌、今人夏征农皆持此说。

75岁说：由明竟陵派领袖钟惺提出。明胡震亨、清徐倬、今人陈文华等皆持此说。

80岁说：据张氏《薛涛诗笺》说，此说起于南宋陈振孙《直斋书录解题》。明梅鼎祚正式提出薛涛“晚年屏居浣花溪，著女冠服，年近八十卒”。对“享年”认定不同，相应对其生卒年便也各有推定，难有定论。

2. 生地乡里

目前认同度较高的是薛涛生于长安，幼时随父宦蜀。但也有争议。有人说薛涛今存诗中无任何关于长安风物元素出现。可能只是祖籍长安，而生长于成都。又有据薛涛诗《乡思》有“乘舟返乡”之句，疑其为下江女子。我认为薛涛生于长安，幼小随父上任到成都。在成都长大，终老。元稹诗句“锦江水滑洗凝脂，幻出文君与薛涛”值得细读。

3. 薛涛父名

有两说。一说名郧，另说名郑。目前认同度高者为薛郧。

4. 薛涛身份有四个关注点的不同意见

一是薛涛“入乐籍”为伎的原因是什么？有说因父死，母孀，生活困顿无依。多才多艺的薛涛想凭自己的才艺养母糊口。作为女人，不能参加科考，又无设塾收徒的机会，只好充作官伎，作女乐当差。献艺谋生，并不卖身。有说薛涛生性轻佻，及笄之年，随便私与客人“宴语”，被罚充官伎。我持前说。

二是薛涛之“乐伎”身份，到底与市井妓女有无区别？唐代教坊乐伎，卖艺不卖身。有人将唐代伎女分为七种，为乐伎、宫伎（如唐玄宗梨园弟子）、官伎、营伎、家伎、市伎（即普通从事性服务的妓女）、宾伎。历来总有人认为薛涛就是普通“妓女”。但主流认识是薛涛属艺伎、宾伎，卖艺不卖身。

三是薛涛是否“脱乐籍”，挣脱了“乐伎”身份。张篷舟提出：薛涛19岁被节度使韦皋罚赴边疆松州（今阿坝松潘）一年后，因“献诗获释。还成都后，即脱乐籍，退隐于西郊浣花溪之锦浦里，种琵琶花满门，时年二十岁”。我认为张氏之说大有道理，值得采信。薛涛此后靠制“小红笺”纸业谋生。官府节镇换人，往往召薛涛顾问情况，而薛涛不必执行乐籍伎女常规性陪宴献艺演出。

四是薛涛是否作过西川节度府内“校书郎”？有人说韦皋曾奏报薛涛为军中校书郎，未获批准。有人说奏报薛涛为幕府校书郎是后任武元衡所为。韦皋是欲用未用。我的看法是韦皋镇蜀21年并曾欲用薛涛为校书郎而终作罢。韦氏“惧人言”。继后，武元衡才认真奏报文才书法俱佳的薛涛为女校书，应为真事。故王建诗称“万里桥边女校书，琵琶巷里闭门居”。王建诗直接以“女校书”称薛涛，她应实具此职称，而非虚称。

正因为薛涛已由“脱乐籍”的“宾伎”而正式成为唐朝军幕中校书郎，薛涛死后，武元衡女婿段文昌才敢公然为薛涛校书撰刻墓志。

5. 薛涛在成都居所

向有三说。一说居浣花溪浣花里；二说居百花潭（即今日之龙爪堰）；三说居西门碧鸡坊。我以为三说皆不能忽略。应该是先后居浣花溪、碧鸡坊，而百花潭是薛涛笺纸厂所在地。

6. 薛涛著述情况

薛涛八九岁时即能赋诗，生平写诗 50 余年。据宋人文献记述，薛涛曾自编诗集《锦江集》五卷，选入诗作 500 首。但《锦江集》已散佚。后人辑编有《薛涛诗》一卷。有人将《薛涛诗》以《弘度集》一卷称之。《全唐诗》辑薛涛诗 89 首。张篷舟《薛涛诗笺》辑薛涛诗 92 首。成都薛涛纪念馆收编薛涛诗 93 首，为目前最全。

7. 薛涛笺

到底为薛涛创制，还是因薛涛好使用此种小笺而得名？有争议。但历代纸业史皆认同是薛涛发明并指导制作了这种“小红笺”，又直接生产了它。

8. 薛涛书法作品

薛涛字真迹《萱草》诗已佚失，今所谓薛涛书字之《美女篇》《西岩》等皆为托薛涛名之伪作。

9. 薛涛像

清代留存之薛涛像，多为粗陋线刻插图。唯光绪时冯协中绘、罗芸坞题之全身立像石碑较好。但张大千看后不满意。1946 年、1947 年张大千两次绘薛涛像，名《薛涛制笺图》，并郑重赠予老友张篷舟。张氏于1956年将张大千绘薛涛像及关山月绘《吟诗楼图》一并捐献成都市文化局保存。“‘文化大革命’后，《吟诗楼图》犹存，而张大千所赠之《薛涛制笺图》无存”（张篷舟语），据张篷舟说，当时文化局有关人员回答“已不知下落”。“2005年出版之由吉林省博物院编《吉林省博物院藏张大千画集》一书赫然印有此张大千《薛涛制笺图》画页。”张篷舟质问：这可能是有人借“文化大革命”私藏此画，然后“私自出手获利”。

10.薛涛生平要事上分歧

薛涛生平要事之争，集中在三件事上：

其一，罚薛涛赴边（到民族地区）到军营次数。有说薛涛赴松州（今阿坝州松潘县）军营仅一次，由韦皋罚去，由武元衡解除放回。有说罚赴边二次者，亦有说被罚赴边劳军多次者。

其二，薛涛与元稹之间是何关系？有三说，一说二人有爱情关系；一说二人为夫妇关系（已超越恋爱关系）；一说二人基本上是文友关系。元稹虽倾慕薛涛文才，但见面时，元稹三十岁，薛涛已四十岁，难形成长久恋爱关系。

其三，薛涛晚年是否已出家为女道士？有两说。一说薛涛晚年常着女道士服；一说薛涛就是女道士。中唐时成都西门外青羊宫道观已存在，薛涛浣花居宅距青羊宫道观不远，入乡随俗受“道箓”，成女冠（女道士）为情理中事。

以上关于薛涛十个问题，至今都无定论。但已渐渐在研究、切磋、考辨中形成了一些主流共识。

三、薛涛生平四件要事之我见

1.薛涛确曾被剑南节度使武元衡奏聘为军镇府内校书郎

韦皋镇蜀21年，曾经欲聘而罢。元和二年（807），武元衡镇蜀，见薛涛所献诗表现的文才与书法，“重涛之才，奉为校书郎”（张篷舟语）。但张氏认为“奏而未授”（见张篷舟《薛涛诗笺·薛涛传·女校书考》）。我认为一个大军区司令，奏聘一名文职人员，只需报备，无须待批。武元衡对薛涛有一种敬重、知遇文人之间的友情。武元衡到剑南西川节度使赴任走剑阁石牛道。蜀道艰险，他曾写诗道其艰苦，其诗题名《题嘉陵驿》：“悠悠风旆绕山川，山驿空濛雨似烟。路半嘉陵头已白，蜀门西上更青天。”武元衡抵成都后，薛涛步武诗原韵，写《续〈嘉陵驿〉献武相国》。薛涛此诗云：“蜀门西更上青天，强为公歌《蜀国弦》。卓氏长卿称士女，锦江玉垒献山川。”讽劝武氏仕巴蜀应在山川、人文中找到乐趣。“嘉陵驿”即今广元市市治所在地，后世称嘉陵镇。奏聘为校书郎，即已上报聘了此名校书郎。明代何宇度《益部谈资》卷中，提供了一条来自晚唐的信息。《益部谈资》中说：晚唐诗人王建曾见过薛涛之墓。“墓在江干，碑题《唐女校书薛弘度墓》。”此墓碑为何人所立？是否即段文昌撰墓志时所题墓碑？当时段氏所撰《薛涛墓志》失传，而其墓碑尚在，碑题尚在。墓碑既正式称“唐女校书薛弘度墓”应是“盖棺定论”之事。故称薛涛为女校书乃实称，非虚美。明状元杨慎《丹铅总录》卷二十一《女状元》中说：“女侍中，魏元乂妻也；女学士，孔贵嫔也；女校书，唐薛涛也；女进士，宋女娘林妙玉也；女状元，蜀黄崇嘏也。”杨慎所称“官衔”均有其依据，并非凭空虚语。中唐“校书郎”已不只是朝廷设置，各大节镇府皆可设置。

2. 薛涛从 16 岁开始被剑南节度使韦皋召见，令入乐籍

从此“凡历事十一镇，皆以诗受知”（清彭遵泗语）。可也曾因文才引罪。从今存薛涛诗中，已可见被罚赴边劳军，起码不少于两次。一次是韦皋任内，大约贞元五年（789）薛涛 19 岁时被罚“赴边”。薛涛有《罚赴边有怀上韦相公》二首记其事。薛涛到苦寒雪地边疆经年，上诗韦皋乞归，韦皋怜其孤寒弱质同意其归，薛涛回到成都已 20 岁。据张篷舟考辨，从此脱离乐籍。兹引薛涛此次“赴边”二首于下：

其一：
闻道边城苦，而今到始知。
却将门下曲，唱与陇头儿。

其二：

黠虏犹违命，烽烟直北愁。

却教严谴妾，不敢向松州。

薛涛再次被罚“赴边”发生在薛涛36岁左右。当时武将刘辟镇蜀，可能薛涛已脱乐籍，不服调遣，刘辟愤而罚薛涛赴边劳军。年余刘辟叛乱伏诛，高崇文因平叛有功继为节镇。薛涛向高氏献诗请归。此诗即《贼平后上高相公》。高崇文亦少文采，对薛涛献诗未予“理采”（张篷舟语）。不久武元衡接掌剑南节度使印，薛涛再献诗乞归，获允。此献诗即《罚赴边上武相公》二首。兹引如下：

其一：

萤在荒芜月在天，萤飞岂到月轮边？

重光万里应相照，目断云霄信不传。

其二：

按辔岭头寒复寒，微风细雨彻心肝。

但得放儿归舍去，山水屏风永不看。

3. 元薛关系

我认为二人一度由钟情相恋而情同夫妇，最后理性地定位于知己好友。元稹继室裴淑（柔之）亦善诗。元稹赴武昌任，裴氏曾难之而作诗。元稹传奇小说《会真记》可能是他年轻时候一段恋爱经历，可见元稹并非用情专一之人。薛、元恋爱只会是昙花一现，薛涛理性地深知这一点。今存薛涛诗中仅有一首题作《寄旧诗与元微之》。另有二首，题名《赠远》，有可能是寄怀元稹的。因诗中有句“闺阁不知戎马事，月高还上望夫楼”，诗人将诗中“方远人”与自己比喻为夫妇，只有元稹能当此“夫君”角色。其实元稹与薛涛相聚时间不足半年。元稹乃科举状元出身，风流才子，对薛涛倾慕闻名。元和四年（809）

三月，为东川监察御史，与薛涛见于东川首府梓州（今三台县）。七月，即移务洛阳，元和五年（810）又被贬江陵。从薛涛诗《谒巫山庙》看，元薛似在江陵府曾重见。但二人聚会的时间总共不超过半年，友情多于爱情。

今存薛涛《寄旧诗与元微之》如下：

诗篇调态人皆有，细腻风光我独知。
月下咏花怜暗澹，雨朝题柳为欹垂。
长教碧玉藏深处，总向红笺写自随。
老大不能收拾得，与君开似好男儿。

元稹忆薛涛诗如下：

锦江滑腻峨眉秀，幻出文君与薛涛。
言语巧偷鹦鹉舌，文章分得凤凰毛。
纷纷辞客多停笔，个个公卿欲梦刀。
别后相思隔烟水，菖蒲花发五云高。

4. 薛涛晚年常着“女冠”服

但薛涛不是正规女道士。她诗中无受道箓记述。她不居住道观。

四、薛涛生平为什么爱竹，敬竹？

今存薛涛诗中有三首诗写竹涉竹。

其一：酬人雨后玩竹
南天春雨时，那鉴雪霜姿。
众类亦云茂，虚心能自持。
多留晋贤醉，早伴舜妃悲。
晚岁君能赏，苍苍劲节奇。

其二：竹离亭

蓊郁新栽四五行，常将劲节负秋霜。

为缘春笋钻墙破，不得垂阴覆玉堂。

其三：题竹郎庙

竹郎庙前多古木，夕阳沉沉山更绿。

何处江村有笛声，声声尽是迎郎曲。

薛涛爱竹、敬竹主要原因是“托物寄志”，以竹品格自喻。薛涛爱敬竹的节操。竹有如松柏，具有迎霜雪而苍翠的傲骨；竹始终虚心自持；竹最可贵者为始终“苍苍劲节奇”“常将劲节负秋霜”，竹的品格高贵，故西晋阮籍、嵇康等“竹林七贤”隐遁于竹林之中表示对浊世的反抗。虞舜二妃娥皇、女英悼怀夫君而将斑斑血泪洒到竹上而成为湘妃竹（斑竹）。薛涛爱敬竹之余，又为竹的“不幸”而悲。竹气节高尚，虚心自持，傲雪苍翠，却因为无粗大枝干，而不能成为庙堂栋梁，只能流落民间，终“不得垂阴覆玉堂”。可见薛涛笔下之竹，就是薛涛自身志向、节操和不幸命运的镜子。

竹是高贵的，但其命运又只能是充满委屈的。薛涛在《题竹王庙》中表示，她将像夜郎人一样视竹为神而敬拜。相传竹王父子是夜郎国人的保护神，受到王者般的敬奉。

薛涛爱竹，与她作为诗人、书法家的审美情趣亦有关系。竹韵优雅、平凡，郁郁葱葱耐人叹赏。其劲直之竹干，柔婉之竹钩，苍翠修长之竹叶，天然成为书画家模拟学习的对象。苏轼爱画竹，且动笔前已“成竹在胸”。“宁可食无肉，不可居无竹。无肉使人瘦，无竹使人俗。”这已成为中华审美中的共同趣味。薛涛爱竹、敬竹乃是自尊自重的一种寄托，也是其志向诗趣、书趣的一种宣泄。

五、薛涛不幸中之幸

薛涛以旷世才女，而堕入风尘，“入乐籍”，是大不幸。她生前，虽然受到不少名士的倾慕，也受到官府达官一定赏识，但女子伎人身份，终是逃不过受人玩弄，受人轻贱、侮辱的命运。两次被官府惩罚“赴边”劳军，情同营妓，情何以堪！她的自编诗集《锦江集》因乏人重视保护而散失殆尽。一些诗评家还总是以异样标准评价她，称为“蜀妓”“营妓”。如前蜀景焕者流在《牧竖闲谈》中以鄙夷口气说：“成都乐籍薛涛者，善篇章，足辞辩，虽无风讽教化之旨，亦有题花咏月之才。当时营妓之中尤物也。”清彭遵泗《蜀故·妓女》中照抄景焕之文说：“成都乐妓薛涛者，字弘度，善篇章，足辞辩，营妓中之尤物也。”薛涛何其不幸！

所幸在她生前逝后有武元衡、段文昌等器重。武氏敢奏聘她为校书郎，段文昌敢为她立墓碑，撰墓志。更有幸者清代成都官学两届为她修建专题纪念楼“望江楼”。民国以薛涛井、坟、楼为核心，扩展为望江楼公园。新中国成立后不仅不断完善此公园，还创建了薛涛纪念馆、博物馆。成都市更成立了薛涛研究会，将成都望江楼公园建成纪念薛涛的主题公园。园中以各种名竹为绿荫，成为全国竹文化的荟萃之地。薛涛魂魄可以与望江楼之竹长相厮守。

薛涛魂兮，归来！薛涛终可以安息于宁静竹树亭园之间，享受世人，尤其是成都人的崇敬奉祀。

成都望江楼公园是全国纪念薛涛的唯一主题公园。薛涛幸甚，中国文化史幸甚。

薛涛百年研究述略

* 谢元鲁

薛涛作为唐代也是四川历史上最著名的女诗人，尽管历代关于她的身世记述与诗歌评价不可胜数，但均十分简略。真正具有学术价值的薛涛研究，是从二十世纪初期开始的。在长达百年的研究之中，对薛涛的研究不断深入，研究领域不断拓展，研究队伍日益增多，形成一波波的高潮。纵观百年以来对薛涛的研究全局，大致可以划分为三个阶段。

一、1912—1949 年薛涛研究概况

从二十世纪前期开始，对薛涛生平的研究开始兴起。由于在传统的文学史中未能给予薛涛应有的介绍与地位，因此这一时期中对她生平的介绍与探索成为研究的重点。

这一时期研究的特点，首先是打破了千年以来对薛涛研究的沉寂，使薛涛进入了中国文学史的视野。一批中国文学史把薛涛作为古代女诗人的代表写入篇章，并出现了研究薛涛的专著。

其中较早的系统研究，有谢无量 1916 年出版的《中国妇女文学史》[1]，在《中古妇女文学》一编中，专列《薛涛与娼妓文学》一章，介绍了薛涛的生平和诗歌成就，认为薛涛“才情轶荡，而时出闲婉，七绝尤长，然大抵言情之作”，对薛涛研究起到了破冰的作用。

另一部对薛涛研究有重要推动作用的著作，是出版于 1930 年的谭正璧《中国女性文学史》[2]。在《隋唐五代诗人》一章中，为薛涛单独开辟一节，对她的身世有较详细的介绍，对薛涛的诗歌创作和情感生活作了分析。

郑振铎的《插图本中国文学史》[3]，出版于 1932 年，把薛涛附于中唐诸诗家之后作了简短的介绍，说她的诗“轻茜而艳丽，时有佳句”，这是作者在本书中唯一提及的唐代女诗人，对此后文学史中对薛涛的评述起了重要的影响。

陆晶清的《唐代女诗人》一书[4]，为薛涛立有专节，对她的诗歌评价很高，认为薛涛“那样细腻风光的诗，在当时昌黎粗豪，孟郊穷愁，元白显直，长卿疏澹，实在很少有这样的风格”。陆晶清把对薛涛诗歌的评价与唐代娼妓的社会地位联系起来，是当时对薛涛诗歌研究的重要贡献。

陶秋英的《中国妇女与文学》一书[5]，在第五章中介绍了历史上各种文体

的代表女作家，说薛涛的诗“已纯粹是唐人的气息，但风格的灵秀飘逸，却另有风味”，对薛涛的诗作了很高的评价。

在研究专著方面，傅润华所撰写的《薛涛诗·薛涛年谱》[6]，用力甚勤。书中《濯井江涘的女诗人薛涛》一文，介绍了薛涛的生平，说她“已足站在任何女诗人之前而无愧恧”。张逢舟1949年出版《薛涛》一书[7]，是一个对薛涛综合性的介绍与研究。此书由于流传较稀，影响不大，但为二十世纪前期的薛涛研究画上了一个休止符。

其次，是出现了一批介绍薛涛生平和诗歌的文章代表作，使薛涛重新进入了文学爱好者和公众的视野。

1929年，姜华发表《介绍女诗人薛涛》[8]长文，对薛涛生平及诗歌作了较详细和全面的介绍。文中选录了不少薛涛诗歌代表作，称薛涛为女中之英、诗中之豪。姜华此文首次引用了若干当时西方知名文学评论家的文学批评理论，运用到对薛涛诗歌的研究之中。

其他对薛涛的介绍与其诗歌的评价文章，代表作有赵景深的《唐代女诗人薛涛》[9]、子建的《唐代青楼诗人薛涛》[10]、凌也徽的《西蜀女诗人薛涛》[11]等。傅增湘的《明本薛涛诗跋》[12]和张逢舟的《薛涛墨迹在人间》[13]，则分别对薛涛诗歌的明万历洗墨池刊行版本和薛涛的曹植《美女篇》墨迹流传作了介绍。除了以上这些对薛涛的介绍和评价文章之外，民国时期的杂志和报纸上对薛涛的其他介绍，大体上依据传统的史料为主，少有新见。如石岩的《薛涛小传》[14]、方涛的《薛涛》[15]、鲁原的《薛涛》[16]、孤鹜的《浪漫女诗人薛涛》[17]。

再次，是对薛涛的纪念地成都望江楼公园及薛涛笺的介绍。

乐尧的《薛涛井》一文[18]，可能是民国时期最早记载薛涛故迹纪念地的文章，许绮禅的《记女诗人薛涛遗址》[19]、蕴珠的《成都的薛涛井》[20]、落伍者的《成都名胜：薛涛艳迹天下闻》[21]、詹近水的《芙蓉城畔访薛涛故居》[22]均是以游记的形式记述望江楼公园中薛涛遗迹，但篇幅都很短少。明月的《唐代女校书薛涛故居》[23]与郭祝崧的《望江楼与薛涛》[24]，对民国时期的望江楼公园的建筑状况和成都市民的遨游风俗有较生动的记载。承明的《闲话薛涛笺》[25]和史纪法的《薛涛笺》[26]两文，则根据史料记载对薛涛笺的制作与传承情况作了简要的介绍。

总的说来，20世纪前期，从1912年到1949年间，涉及薛涛的介绍和研究，出版的相关著作与专著有十余部，发表在报纸杂志上的文章约二十多篇，形成了推介和研究薛涛的第一个高潮。但大部分的文章仅仅是介绍性甚至是观感性的，较系统的研究仅是初步开展，领域相对狭窄，论著普遍缺乏对相关史料的考证与分析，也少有用现代文学批评史观进行评述。关于薛涛的文章发表刊物分散，间隔时间较长，还没有形成学术讨论和争鸣的气氛。但这一时期涉及薛涛研究的某些话题，如对薛涛诗歌的总体评价、对元稹与薛涛的关系、对薛涛乐妓身份的看法、对《十离诗》的分析等，均有初步阐述和争论，为下一个阶段的薛涛研究提供了进一步拓展的空间。

二、1950—2000年研究概况

对薛涛的研究，在20世纪50年代到70年代期间，基本陷于低谷，这段时间在公开刊物上仅有寥寥几篇介绍薛涛的文章。但对薛涛的研究仍未停止，一些对薛涛卓有研究的学者，如张篷舟、羊村、卞孝萱等，承袭20世纪前半期的研究成果与提出的问题，进行思考和写作，终在80年代开始到90年代出现薛涛研究久违的第二个高潮。

据不完全统计，从1980年到2000年间，在各级学术刊物上发表的直接与薛涛研究有关的著作和论文达近百篇之多，论述的主题主要包括了对薛涛诗歌版本、生平事迹、诗歌风格、元薛关系、薛涛笺的考释与评论。现分别叙述如下。

1.版本及诗歌的考证

由于薛涛的著作《锦江集》早已散佚，存诗在长达千年的流传过程中不可避免产生错讹，因此对薛涛诗歌版本流传及诗歌本身的考证，承接上一时期的研究基础，成为薛涛研究的重要学术支撑。

80年代出现的薛涛诗歌版本及诗歌本身的考证的代表作，首先是张篷舟1981年出版的《薛涛诗笺》[27]。张篷舟（1903—1991），四川成都人。20世纪30至40年代长期担任《大公报》记者，20年代即开始从事薛涛研究。1990

年 4 月薛涛研究会成立，被推举为名誉理事长。《薛涛诗笺》辑佚整理了薛涛的诗歌 91 首，是目前薛涛诗作收集最为完备的版本，并对每一首都作了简要的校释与笺注，是历代以来对薛涛诗的首次笺注。本书的后记中，对历代薛涛诗的版本刊行与流传情况作了综述，对一些讹传是薛涛的诗作了考证并从薛涛诗集中予以删除，同时也对薛涛诗歌研究中的一些争议问题，如《十离诗》是否薛涛所作，以及女校书的真伪作了考证，实际上是一篇全面研究薛涛的论文。

陈文华在 1984 年出版的《唐女诗人集三种》中[28]，对薛涛诗歌 89 首作了较详尽的校注，与张篷舟笺注各有千秋，并集录了历代关于薛涛的诗文资料，足以供读者参考。

羊村在 1989 年出版的《女诗人薛涛》一书[29]，对薛涛的诗歌作了较为通俗的笺注，认为《罚赴边有怀上韦令公》与《十离诗》都不是薛涛的作品，因此从笺注中删除。同时对若干首赠诗受诗者的解读，均与张篷舟不同。

此外，还有一些学者对传世薛诗歌的真伪、作者、赠诗人等问题进行了专门的研究。如邓剑铭、胡国强的《〈薛涛诗笺〉中几首诗真伪辨》[30]，刘天义《薛涛〈送郑眉州〉诗题辨正》[31]以及《薛涛史料考辨》[32]，朱德慈的《薛涛考异三题》[33]及《薛涛诗考辨四题》[34]，卿彦《旧题薛涛〈江月楼〉诗作者质疑》[35]，李敏星《“长教碧玉藏深处，总向红笺写自随”——薛涛〈离诗〉辨》[36]等。

陈友山《薛涛诗存厥功则伟——从〈万首唐人绝句〉到〈薛涛诗笺〉》[37]则论述和考证了薛涛诗歌的历代主要传承版本的价值与收诗情况。

2. 生卒年的研究

薛涛的生卒年份和享年，是这一时期薛涛研究的重要论题。据不完全统计其生年有十多种说法。由于生年的不确定，影响到享年岁数差别甚大，最大的认为“至近八十”，最小的则只有四十七岁。具有代表性的观点主要有：

张篷舟 1982 年的《薛涛生卒究何年》[38]，认为薛涛生于 770 年（唐代宗大历五年），卒于 832 年夏（唐文宗大和六年），享年六十三岁。由于卒年的资料与考证较确，此后薛涛卒于 832 年（唐文宗大和六年）基本成为学界定论，争议的重点转向其生年的考证。如朱德慈的《薛涛生年再考》[39]认为薛涛生于777年（唐代宗大历十二年），享年约五十六岁。天问的《薛涛简论》上篇[40]，认为其生年为781年（唐德宗建中二年），享年五十二岁。刘天文的《薛涛生年考辨》[41]对薛涛的生年与天问持相同观点。羊村在《女诗人薛涛》[42]一书中，认为薛涛生于758年（唐肃宗乾元元年），享年七十二岁。

3. 诗歌研究与评价

对薛涛的诗歌研究，从20世纪80年代中期起，开始成为研究的热点与重点。

研究的重点之一是对薛涛诗歌及其艺术风格的总体评价。研究者对薛涛的诗歌的主旨和风格虽然归纳不一，但都给予了高度的评价，并在不同程度上分析了形成的原因。代表作有董淑瑞的《薛涛及其诗歌创作》[43]、朱德慈的《薛涛诗艺术风格摭谈》[44]、贺新居的《薛涛简议》[45]、苏者聪的《论薛涛其人其诗》[46]、张而今的《情思·才调·风度——谈薛涛诗的审美魅力》[47]、赵松元的《薛涛诗歌的"丈夫气"再议》[48]、张洁云的《略论薛涛咏物诗的托物伸意》[49]、夏春豪的《论薛涛诗》[50]等。

除了对薛涛诗歌的总体分析与评价外，另一个研究的重点，是对薛涛的具体诗歌作品内容，结合薛涛的生平背景作出分析。代表作有刘长耿和孙顺霖的《论薛涛和她的〈十离诗〉》[51]，周容良的《感于哀乐缘事而发——读薛涛上蜀帅诗》[52]，张洁云的《薛涛诗意考辨》[53]，张正则、季国平的《薛涛〈别李郎中〉诗新析》[54]等。

4. 元薛关系研究

薛涛与元稹的关系，是这一时期的研究热点之一。这方面存在两个迥然不同的观点。一方认为元薛关系为虚构，另一方则肯定元薛有密切的关系。

在元薛关系虚构说方面，主要为卞孝萱1980年发表在《四川师院学报（社会科学版）》上的《元稹薛涛裴淑》[55]、陈坦的《〈薛涛与元稹的关系问题及其他〉一文辨误——与邓剑鸣、李华飞同志商榷》[56]、吴伟斌的《也谈元稹与薛涛的"风流韵事"》[57]等论文，以及羊村的《女诗人薛涛》[58]一书所持。

在元薛关系肯定说方面，主要有邓剑铭和李华飞的《薛涛与元稹的关系问题及其他》[59]、苏者聪的《论元稹与薛涛》[60]、朱德慈的《元薛姻缘脞证》[61]、天问的《薛涛简论》上篇[62]等文章所持。

总的说来，1950—2000年间的薛涛研究，在承接1912—1949年间研究成果和研究热点的基础上，表现出新的特点。首先，由于从20世纪50年代到70年代薛涛介绍和研究的长期断层，80年代的研究中出现了一些以介绍薛涛生平和其诗歌为主要内容的文章，以普及性为主，缺乏对问题的深入探讨。其次，这一时期对薛涛的研究领域有所扩大，研究内容不断深入。如对薛涛诗歌艺术风格、表达主题、写作背景的研究。又如对一些传世薛涛诗歌的真伪，薛涛是否婚配，薛涛的出生地在何处，薛涛是否曾授校书郎一职，薛涛是否与元稹相会过及相会时的年龄，“韦令孔雀”与薛涛年龄的关系等的专题研究。1990年成都薛涛研究会在成都望江楼公园薛涛的纪念地成立，标志着薛涛研究由分散走向群体，对薛涛研究起了重要的推动作用。其主编的《薛涛研究论文集》，由四川人民出版社在2000年出版，汇集了此前二十年间的主要研究论文，成为薛涛研究的重要里程碑。

三、2001—2020年的研究概况

2001年至2020年的薛涛研究，在前二十年的基础上不断深入，除了继承上一个时期的研究主题外，还出现了若干新的研究领域和新的成果，包括如下几个方面。

1.身份与生平研究

关于薛涛的身份问题，自晚唐以来的传统观点认为是乐妓。早在20世纪30年代，郑宾于的《中国文学流变史》[63]在论述唐代诗人时，就对薛涛的身份翻案，认为她并非妓女，而是没有官秩的“白顶诗人”。

羊村在《女诗人薛涛》一书中[64]，同样认为薛涛不是乐妓，入乐籍者为蜀中另一歌妓薛陶；薛涛曾结过婚，其丈夫为资州刺史郑纲。申及甫《凭史实探薛涛身世》一文[65]，则认为薛涛为郑纲之妻一说不能成立。刘铁峰《基于薛涛

诗作的薛涛“校书”身份考》一文[66]，认为薛涛曾为乐妓一说属于讹传。迟乃鹏《宾妓——薛涛身份的准确定位》一文[67]，对薛涛的身份作了新的解释，认为薛涛的准确身份应是武元衡所创“宾妓”。但是大多数研究者均认为薛涛为乐妓，或直接把薛涛的乐妓身份作为论述的背景。如冯广宏《唐代西蜀女诗人薛涛事迹稽沉》[68]，即说薛涛确为乐妓。

此外她是否担任过校书郎，也是这一时期争议之点。认为薛涛确曾实任西川幕府校书郎的，如朱德慈的《薛涛“校书”衔考》[69]、冯广宏的《唐代西蜀女诗人薛涛事迹稽沉》、刘铁峰的《基于薛涛诗作的薛涛“校书”身份考》[70]、汪辉秀的《薛涛校书郎官职考辨》[71]。郭祝崧《薛涛小诗系史实》[72]则认为薛涛校书郎为虚职。

此外，薛涛的出生地究竟在何处？以及她的交游范围，也都进入研究者的视野。对她的出生地乐山说、峨眉说、眉州说等相继提出。羊村在《女诗人薛涛》一书中[73]，认为薛涛出生地是剑南嘉州（四川乐山）。申及甫的《凭史实探薛涛身世》[74]认为薛涛出生于四川峨眉，冯广宏也认为薛涛籍贯为峨眉[75]。刘天文的《薛涛史料考辨》[76]认为薛涛出生地应在四川眉州。关于薛涛的交游，刘天文的《薛涛交游考略（上、下）》[77]对与薛涛唱和的达官名士作了广泛的考证，对唱和的背景及诗歌作了较详尽的介绍与分析。

2. 诗歌典实辨正

薛涛的诗歌中提及的蜀中风物及引用典故甚多，是唐代女诗人中最为突出的特点。在本时期中，对这些风物与典故的考证成为研究的热点。

首先是对王建的《寄蜀中薛涛校书》一诗中的“枇杷花里闭门居”中的“枇杷花”的考证，有不同说法。庞庄甫的《琵琶花里和枇杷门巷》[78]认为应是琵琶花，为羊角杜鹃。刘玉珊、杨正苞《读王建〈寄蜀中薛涛校书〉诗辨讹》[79]则认为诗中的枇杷花是元稹诗中描写的“山枇杷”，即木兰花。

其次是对“棠梨花”的考证说法不一。王仲镛的《试说西川海棠与薛涛》[80]认为薛涛《棠梨花和李太尉》诗中的棠梨花为海棠花。吴维杰、吴柯《薛涛〈棠梨花和李太尉〉与西川海棠辨正——王仲镛〈试论西川海棠与薛涛〉质疑》[81]

则认为诗中的棠梨花非海棠花。同作者的《杜甫无海棠诗与薛涛咏海棠之谜——王仲镛〈试论西川海棠与薛涛〉续评》一文[82]，批驳王仲镛的西蜀海棠为李德裕移入赠予薛涛种植的说法。认为唐代以前早已有海棠生长和分布在四川盆地的记载。

再次是对薛涛诗中“八十一颗”的解释，也呈多元化趋势。刘玉珊、杨正苞《薛涛〈咏八十一颗〉诗辩析》[83]认为薛涛此诗所咏之“八十一颗”，应是指樱桃。张正则、季国平、张雅的《薛涛诗“八十一颗”所咏或即珙桐》[84]认为应为珙桐花。卢婕《从道教视野试解薛涛谜语诗〈咏八十一颗〉》[85]认为应是唐代盛行的道家丹药。

还有对薛涛相关的孔雀形象进行文化表述的解读，如朱德慈《薛涛考异三题》[86]，谢天开《论唐代女诗人薛涛的“孔雀光晕”现象》[87]。

3. 诗歌分析与解读

这一时期中，对薛涛诗歌的评价与解读仍然是研究的热点。除了从总体上对薛涛诗歌的艺术风格的分析外，对其诗歌的分类评价所占比重大大上升。

从对薛涛诗歌的总体分析方面，熊发学《试论薛涛诗的分期划代》一文[88]，把现存薛涛诗划分为四个时期。对诗歌主题和风格的特点和评价方面，具有代表性的看法有姜楠的《论薛涛诗作悲凉格调的成因》[89]、李红的《谈薛涛诗歌的情感魅力》[90]和汪辉秀的《论薛涛诗中的用典特点》[91]。

承接上一时期对《十离诗》的研究，这一时期对这一组诗的解读重点趋向于对其主旨表达的肯定。如刘铁峰的《幽怨愁伤“女校书”——薛涛〈十离诗〉“诗格卑下”辩》[92]，李涛《〈十离诗〉：男性中心社会里女性的十声叹息》[93]，张波的《物象离合——对薛涛〈十离诗〉的一种解读》[94]和张宇的《薛涛咏物诗小议》[95]。

在对薛涛诗歌分类解读方面，咏物诗的意象表达与爱情诗的内涵是热点之一。代表作有何苇的《试论薛涛诗作中植物意象的审美意蕴》[96]，卢婕的《道教视野下的薛涛〈柳絮咏〉新解》[97]和刘亮亮的《薛涛诗歌中动物意象的情感探析》[98]。在爱情诗的研究方面，代表作有汪辉秀的《小议薛涛的爱情观》[99]

和阴肖娟的《芙蓉空老蜀江花——薛涛的恋爱经历及其爱情诗》[100]。

这一时期对薛涛诗歌创作方法的解读，集中在用韵特点和表达方式方面。如陈娟《薛涛、鱼玄机诗用韵概况》[101]、任军霜《薛涛诗歌用韵研究》[102]、汪辉秀《薛涛〈寄旧诗与元微之〉新解》[103]。

4. 与其他女诗人的比较研究

以薛涛和其他古代女诗人进行比较研究，是这一时期兴起的又一研究热点。首先是在唐代女诗人之间的比较，主要是以李冶、薛涛、鱼玄机三人之间的比较研究为多。

首先是创作风格的比较。代表作有查洪德的《大雅不群洪度诗》[104]，认为“薛涛诗的雅，与唐妓女诗的俗，形成了极大的反差”。李玉玲的《从酬赠诗与诗品论李冶薛涛诗歌之优劣》[105]认为李冶诗语浓情深，处处有真情感。薛涛诗工辞巧而情少，酬赠之气浓重。

其次是其遭际、性格、交往与其创作之间的关系的探讨。如王定璋《松花笺写洪度诗——论唐代娼妓的诗歌》[106]、邱瑰华《论唐代女冠诗人的社会交往与创作的关系》[107]、刘宁《试析唐代娼妓诗与女冠诗的差异》[108]、张若雅《薛涛、鱼玄机合论——兼及女性文学的历史境遇》[109]、黄艳《薛涛、鱼玄机酬赠诗之比较研究》[110]。

再次是把薛涛与中国古代其他女诗人，如宋代的李清照、朱淑真和温琬的时代背景、身份地位和人物个性进行比较。如陈晓芸的《命蹇情殇诗愈工——论薛涛和温琬》[111]，宋冬霞的《薛涛与朱淑真的比较研究》[112]，史莫野、史美珩的《李清照与薛涛诗词比较研究》[113]。

薛涛与域外女诗人的比较研究，也成为这一时期研究的新特色。其中的重点是把薛涛与古代朝鲜的女诗人作比较。包括禹尚烈的《薛涛与黄真伊比较研究》[114]，李宁宁的《女性主义视阈下薛涛与许兰雪轩之比较研究》[115]，常莹、徐加新的《薛涛与朝鲜朝女诗人金芙蓉的诗歌意象比较研究》[116]。

5. 对性别意识的研究

对薛涛诗歌反映的性别意识研究，尤其是性别意识对诗歌审美与诗歌风格影响的探索，是这一时期薛涛研究兴起的重要热点。在这方面，薛涛诗歌是男性化还是女性化趋向的争论十分激烈。

关于以薛涛为代表的唐代女诗人的总体状况，代表作如安家琪《中唐女诗人的生存体验——以李冶、薛涛、鱼玄机为例》[117]、赵小华《公共性：唐代女性诗歌的别样视角》[118]。

一些研究者认为薛涛的诗歌具有男性化特征，如王永波、黄芸珠《论薛涛诗歌男性化审美形态的表现》[119]和黄芸珠《略论薛涛诗风“男性化”的成因及其表现》[120]。

另一批研究者，则从薛涛诗歌的女性意识角度作多方面的分析。如尹艳辉的《自由与爱情：薛涛的女性情感世界》[121]，朱柳敏、计颖的《试析唐代女诗人薛涛和鱼玄机女性文学意识的成熟》[122]，赵小华的《女性生存困境与诗歌风格之形成——以薛涛其诗其人为例》[123]，吕璐的《从薛涛到鱼玄机——唐女性诗人爱情诗中的女性意识觉醒》[124]。

也有调和这两种不同观点，如许秋群《浅析薛涛诗的二重性》[125]和宫为菊《女性情怀辉映男子气概——试论薛涛诗歌中的双重情感》[126]。

应克荣在这个研究领域连续发表多篇文章[127]，对薛涛诗歌中的女性意识、女性价值与男性化倾向作多方面的论述。包括《论薛涛诗歌的女性意识》《诗篇调态人皆有，细腻风光我独知——论薛涛诗歌的女性意识》《中国古代女性书写的困惑——以薛涛为例》《论唐代女性书写的嬗变及其文化意蕴》《唐代女性书写的拟男化特征》五篇论文。

6. 薛涛诗歌的译介及对海外的影响

随着薛涛影响力的不断扩大，她的诗歌逐渐走出国门，走向世界。其中以英语世界受到的影响最大。薛涛的部分诗歌从二十世纪初期起，不止一次被中外文学家翻译成英文出版。对这一情况的介绍和文化背景分析，以及在英译过程中的得失，成为这一时期薛涛研究新热点。

如周彦《红笺小字走天涯——薛涛诗英译的文化意义》[128]、卢丙华《薛涛诗英译与西方女性主义文学》[129]、卢婕《本土诗歌的海外传播——吉纳维芙·魏莎英译版薛涛诗歌的变异研究》[130]与《薛涛诗歌典故英译中文化过滤的补偿策略》[131]。

于洪波连续发表多篇论文[132]，包括《从翻译目的论角度评价薛涛诗词的两个英译本》《薛涛酬赠诗英译探析》《浅析薛涛诗词中巴蜀民俗文化的英译》《薛涛诗词英译述评》《薛涛诗词中专有名词英译研究》《语境分析下的薛涛诗英译研究》，对薛涛诗歌的英译版本及翻译中的若干问题进行了讨论。

7. 对薛涛纪念地和薛涛笺研究

对薛涛笺的研究也是一个不可忽视的方面，涉及中国古代造纸术和造纸业的领域。如陈振濂《薛涛笺及其他》[133]、邓剑鸣《薛涛笺在中唐时期对四川造纸业的影响与贡献》[134]、刘仁庆《论薛涛笺——古纸研究之五》[135]等。

对薛涛纪念地成都望江楼公园的建筑文化与园林文化研究，承接二十世纪上半期，有了新的进展。如天问的《薛涛简论》下篇[136]，陈友山的《薛涛纪念地马氏立丰碑——马长卿等建望江楼建筑群事迹考》[137]，谢桃坊的《花笺茗碗香千载——成都望江楼之薛涛遗迹》[138]，王正明、方全明的《历史文化名城成都的标志——崇丽阁》[139]，陈友山的《试说薛涛井的文化价值》[140]，焦丽、董靓的《女诗人薛涛与望江楼公园》[141]等。

总结 2001—2020 年间的薛涛研究，呈现如下的特点：第一，研究文章数量大幅度增加，仅刊载于各级学术期刊上的论文，据不完全统计就达近 200 篇，是上一个时期研究论文的两倍。第二，研究者的分布更加广泛，如果上一个时期以四川地区研究者为绝对主力，在本时期已扩展到全国各高校和研究机构，四川地区研究者的比例下降到一半左右。第三，一批年轻的学者进入研究的行列。从 2000 年到 2020 年，以薛涛为研究对象或涉及薛涛的硕士和博士论文，据不完全统计，共达 60 余篇之多。其中直接研究薛涛的硕士论文有 9 篇[142]。第四，上一个时期的研究热点，如版本考证、生卒年考证、元薛关系等逐渐沉寂，代之而起的是一些新的研究热点和研究方法，尤其是运用女性主义文学批评观的研究等。第五，一些传统的研究领域，如对薛涛生平事迹的研究，对薛涛诗歌的分析、解读与评价，仍然是本时期的研究重点。

四、研究不足之处

百年来对薛涛的介绍与研究取得很大成绩，薛涛研究者的队伍日益扩大，领域不断扩展，成果加速涌现，呈现出前所未有的欣欣向荣景象。但是概观百年薛涛研究的全局,仍然存在一些薄弱之处甚至空白点。

第一，与蜀中地方文化背景关系研究较少。成都在唐代是全国最繁荣的城市，唐代中后期有“扬一益二”之称。薛涛成长于蜀中，终其一生岁月，主要在成都度过。唐代成都独特的城市文化和地域文化，对薛涛的生活状况与性格形成，以及诗歌内容、诗歌风格、文学传承等有何影响，目前的研究文章中还较少涉及。

第二，薛涛与历史上的女性诗人作比较的研究文章较多，但几乎没有与男性诗人的比较研究，研究视野还相对狭小，还较少把薛涛放在整个唐代文学史的宏观大视野中去研究她所处的位置。

第三，对薛涛诗歌的性别理论研究已成热点，但运用其他现代文学、美学及社会学理论研究的文章仍属寥寥，显示出运用新的理论和新的方法进行研究仍然大有发展空间。

第四，一些发表文章出现重复研究、内容雷同现象，缺乏独立创新。

注释

1　谢无量：《中国妇女文学史》，中华书局，1916年。
2　谭正璧：《中国女性文学史》，光明书局，1930年。
3　郑振铎：《插图本中国文学史》，北平朴社，1932年；人民文学出版社，1957年。
4　陆晶清：《唐代女诗人》，神州国光社，1931年。
5　陶秋英：《中国妇女与文学》，北新书局，1933年。
6　傅润华：《薛涛诗·薛涛年谱》，上海光华书局，1931年。
7　张篷舟：《薛涛》，念瑛斋藏版，1949年。
8　姜华：《介绍女诗人薛涛》，《真美善》1929年3卷3期。
9　赵景深：《唐代女诗人薛涛》，《女子月刊》1936年4卷9期。
10　子建：《唐代青楼诗人薛涛》，《时代妇女》创刊号，1941年。
11　凌也徽：《西蜀女诗人薛涛》，《东方杂志》1944年40卷2期。
12　傅增湘：《明本薛涛诗跋》，《清华周刊》1930年34卷6期。
13　张篷舟：《薛涛墨迹在人间》，《旅行杂志》1949年23卷1期。
14　石岩：《薛涛小传》，《无锡国专季刊》1933年1期。
15　方涛：《薛涛》，《大公报》1936年11月20日。
16　鲁原：《薛涛》，《民报》1937年2月23日。
17　孤鹜：《浪漫女诗人薛涛》，《力报》1938年2月26日。
18　乐尧：《薛涛井》，《益世报》1919年11月14日。
19　许绮禅：《记女诗人薛涛遗址》，《新闻报》1931年9月22日。
20　蕴珠：《成都的薛涛井》，《铁报》1937年1月5日。
21　落伍者：《成都名胜：薛涛艳迹天下闻》，《宝元通简讯》1946年。
22　詹近水：《芙蓉城畔访薛涛故居》，《寰球》1947年第17期。
23　明月：《唐代女校书薛涛故居》，《申报》1935年6月9日。
24　郭祝崧：《望江楼与薛涛》，《旅行杂志》1945年19卷2期。
25　承明：《闲话薛涛笺》，《上海报》1938年10月19日。
26　史纪法：《薛涛笺》，《和平日报》1946年7月13日。
27　张篷舟：《薛涛诗笺》，四川人民出版社，1981年。
28　陈文华：《唐女诗人集三种》，上海古籍出版社，1984年。
29　羊村：《女诗人薛涛》，四川人民出版社，1989年。
30　邓剑铭、胡国强：《〈薛涛诗笺〉中几首诗真伪辨》，《西南师范大学学报（人文社会科学版）》1989年2期。
31　刘天文：《薛涛〈送郑眉州〉诗题辨正》，《成都大学学报（社会科学版）》1995年1期。
32　刘天文：《薛涛史料考辨》，《成都大学学报（社会科学版）》2004年3期。
33　朱德慈：《薛涛考异三题》，《唐都学刊》1992年2期。
34　朱德慈：《薛涛诗考辨四题》，《成都师专学报》1998年2期。
35　卿彦：《旧题薛涛〈江月楼〉诗作者质疑》，《古典文学知识》2015年3期。
36　李敏星：《"长教碧玉藏深处，总向红笺写自随"——薛涛〈离诗〉辨》，《怀化学院学报》2006年6期。
37　陈友山：《薛涛诗存厥功则伟——从〈万首唐人绝句〉到〈薛涛诗笺〉》，《文史杂志》2006年5期。
38　张篷舟：《薛涛生卒究何年》，《读书》1982年9期。
39　朱德慈：《薛涛生年再考》，《成都师专学报》1988年1期。
40　天问：《薛涛简论》上篇，《成都大学学报（社会科学版）》1988年3、4期。
41　刘天文：《薛涛生年考辨》，《社会科学研究》1992年6期。
42　羊村：《女诗人薛涛》，四川人民出版社，1989年。
43　董淑瑞：《薛涛及其诗歌创作》，《新疆师范大学学报（社会科学版）》1985年1期。
44　朱德慈：《薛涛诗艺术风格摭谈》，《社会科学研究》1985年6期。
45　贺新居：《薛涛简议》，《天津师大学报》1985年5期。
46　苏者聪：《论薛涛其人其诗》，《唐都学刊》1988年4期。
47　张而今：《情思·才调·风度——谈薛涛诗的审美魅力》，《贵州大学学报（社会科学版）》1990年7期。
48　赵松元：《薛涛诗歌的"丈夫气"再议》，《中国文学研究》1991年2期。
49　张洁云：《略论薛涛咏物诗的托物伸意》，《四川师范大学学报（哲学社会科学版）》1995年4期。
50　夏春豪：《论薛涛诗》，《河南大学学报（社会科学版）》1996年6期。
51　刘长耿、孙顺霖：《论薛涛和她的〈十离诗〉》，《殷都学刊》1985年1期。
52　周容良：《感于哀乐缘事而发——读薛涛上蜀帅诗》，《成都大学学报（社会科学版）》1995年3期。
53　张洁云：《薛涛诗意考辨》，《四川师范大学学报（社会科学版）》1994年3期。
54　张正则、季国平：《薛涛〈别李郎中〉诗新析》，《成都大学学报（社会科学版）》1998年1期。
55　卞孝萱：《元稹薛涛裴淑》，《四川师院学报（社会科学版）》1980年3期。
56　陈坦：《〈薛涛与元稹的关系问题及其他〉一文辨误——与邓剑鸣、李华飞同志商榷》，《社会科学研究》1986年5期。
57　吴伟斌：《也谈元稹与薛涛的"风流韵事"》，《扬州师院学报（社会科学版）》1988年9期。
58　羊村：《女诗人薛涛》，四川人民出版社，1989年。
59　邓剑铭、李华飞：《薛涛与元稹的关系问题及其他》，《社会科学研究》1984年8期。
60　苏者聪：《论元稹与薛涛》，《天府新论》1988年4期。
61　朱德慈：《元薛姻缘胜证》，《成都大学学报（社会科学版）》1989年2期。
62　天问：《薛涛简论》上篇，《成都大学学报（社会科学版）》1988年3、4期。
63　郑宾于：《中国文学流变史》，上海北新书局，1930年。
64　羊村：《女诗人薛涛》，四川人民出版社，1989年。
65　申及甫：《凭史实探薛涛身世》，《成都大学学报（社会科学版）》2000年1期。
66　刘铁峰：《基于薛涛诗作的薛涛"校书"身份考》，《广西社会科学》2007年3期。
67　迟乃鹏：《宾妓——薛涛身份的准确定位》，《天府新论》2004年6期。
68　冯广宏：《唐代西蜀女诗人薛涛事迹稽沉》，《文史杂志》2015年2期。
69　朱德慈：《薛涛"校书"衔考》，《运城高专学报》1997年3期。
70　刘铁峰：《基于薛涛诗作的薛涛"校书"身份考》，《广西社会科学》2007年3期。
71　汪辉秀：《薛涛校书郎官职考辨》，《巴蜀史志》2020年5期。
72　郭祝崧：《薛涛小诗系史实》，《文史杂志》2006年4期。
73　羊村：《女诗人薛涛》，四川人民出版社，1989年。
74　申及甫：《凭史实探薛涛身世》，《成都大学学报（社会科学版）》2000年1期。
75　冯广宏：《唐代西蜀女诗人薛涛事迹稽沉》，《文史杂志》2015年2期。
76　刘天文：《薛涛史料考辨》，《成都大学学报（社会科学版）》2004年3期。
77　刘天文：《薛涛交游考略（上、下）》，《成都大学学报（社会科学版）》2003年4期、2004年1期。
78　庞庄甫：《琵琶花里和枇杷门巷》，《文史杂志》1993年1期。
79　刘玉珊、杨正苞：《读王建〈寄蜀中薛涛校书〉诗辨讹》，《文史杂志》2001年4期。
80　王仲镛：《试说西川海棠与薛涛》，薛涛研究会：《薛涛研究论文集》，四川人民出版社，2000年。
81　吴维杰、吴柯：《薛涛〈棠梨花和李太尉〉与西川海棠辨正——王仲镛〈试论西川海棠与薛涛〉质疑》，《成都大学学报（社会科学版）》2006年2期。
82　吴维杰、吴柯：《杜甫无海棠诗与薛涛咏海棠之谜——王仲镛〈试论西川海棠与薛涛〉续评》，《乐山师范学院学报》2008年3期。
83　刘玉珊、杨正苞：《薛涛〈咏八十一颗〉诗辨析》，《文史杂志》2005年6期。
84　张正则、季国平、张雅：《薛涛诗"八十一颗"所咏或即珙桐》，《文史杂志》2012年5期。
85　卢婕：《从道教视野试解薛涛谜语诗〈咏八十一颗〉》，《文史杂志》2018年6期。
86　朱德慈：《薛涛考异三题》，《唐都学刊》1992年2期。
87　谢天开：《论唐代女诗人薛涛的"孔雀光晕"现象》，《成都师范学院学报》2016年8期。
88　熊发学：《试论薛涛诗的分期划代》，《成都大学学报（社会科学版）》2013年2期。

89　姜楠：《论薛涛诗作悲凉格调的成因》，《科技资讯》2006 年 2 期。

90　李红：《谈薛涛诗歌的情感魅力》，《中国矿业大学学报（社会科学版）》2003 年 4 期。

91　汪辉秀：《论薛涛诗中的用典特点》，《中华文化论坛》2014 年 4 期。

92　刘铁峰：《幽怨愁伤“女校书”——薛涛〈十离诗〉“诗格卑下”辩》，《娄底师专学报》2001 年 3 期。

93　李涛：《〈十离诗〉：男性中心社会里女性的十声叹息》，《名作欣赏》2005 年 2 期。

94　张波：《物象离合——对薛涛〈十离诗〉的一种解读》，《古典文学知识》2019 年 6 期。

95　张宇：《薛涛咏物诗小议》，《苏州教育学院学报》2000 年 4 期。

96　何苇：《试论薛涛诗作中植物意象的审美意蕴》，《邢台学院学报》2012 年 3 期。

97　卢婕：《道教视野下的薛涛〈柳絮咏〉新解》，《文史杂志》2020 年 1 期。

98　刘亮亮：《薛涛诗歌中动物意象的情感探析》，《河北北方学院学报（社会科学版）》2016 年 2 期。

99　汪辉秀：《小议薛涛的爱情观》，《文史杂志》2013 年 7 期。

100　阴肖娟：《芙蓉空老蜀江花——薛涛的恋爱经历及其爱情诗》，《安顺学院学报》2014 年 2 期。

101　陈娟：《薛涛、鱼玄机诗用韵概况》，《淮北煤炭师范学院学报（哲学社会科学版）》2003 年 2 期。

102　任军霜：《薛涛诗歌用韵研究》，《牡丹江大学学报》2015 年 7 期。

103　汪辉秀：《薛涛〈寄旧诗与元微之〉新解》，《名作欣赏》2012 年 6 期。

104　查洪德：《大雅不群洪度诗》，《殷都学刊》1990 年 4 期。

105　李玉玲：《从酬赠诗与诗品论李冶薛涛诗歌之优劣》，《太原师范学院学报（社会科学版）》2005 年 4 期。

106　王定璋：《松花笺写洪度诗——论唐代娼妓的诗歌》，《西南民族学院学报》1999 年 5 期。

107　邱瑰华：《论唐代女冠诗人的社会交往与创作的关系》，《淮北煤炭师院学报（哲学社会科学版）》2000 年 2 期。

108　刘宁：《试析唐代娼妓诗与女冠诗的差异》，《中国典籍与文化》2003 年 1 期。

109　张若雅：《薛涛、鱼玄机合论——兼及女性文学的历史境遇》，《文学前沿》2007 年 4 期。

110　黄艳：《薛涛、鱼玄机酬赠诗之比较研究》，《名作欣赏》2011 年 1 期。

111　陈晓芸：《命蹇情殇诗愈工——论薛涛和温琬》，《黄石教育学院学报》2002 年 1、2 期。

112　宋冬霞：《薛涛与朱淑真的比较研究》，《长春理工大学学报》2010 年 7 期。

113　史莫野、史美珩：《李清照与薛涛诗词比较研究》，《湖州师范学院学报》2019 年 9 期。

114　禹尚烈：《薛涛与黄真伊比较研究》，《中央民族大学学报（哲学社会科学版）》2008 年 5 期。

115　李宁宁：《女性主义视阈下薛涛与许兰雪轩之比较研究》，《重庆第二师范学院学报》2017 年 4 期。

116　常莹、徐加新：《薛涛与朝鲜朝女诗人金芙蓉的诗歌意象比较研究》，《福建茶叶》2019 年 9 期。

117　安家琪：《中唐女诗人的生存体验——以李冶、薛涛、鱼玄机为例》，《鸡西大学学报》2013 年 9 期。

118　赵小华：《公共性：唐代女性诗歌的别样视角》，《华南师范大学学报（社会科学版）》2016 年 2 期。

119　王永波、黄芸珠：《论薛涛诗歌男性化审美形态的表现》，《乐山师范学院学报》2003 年 7 期。

120　黄芸珠：《略论薛涛诗风“男性化”的成因及其表现》，《中国文学研究》2003 年 2 期。

121　尹艳辉：《自由与爱情：薛涛的女性情感世界》，《成都大学学报（社会科学版）》2004 年 3 期。

122　朱柳敏、计颖：《试析唐代女诗人薛涛和鱼玄机女性文学意识的成熟》，《辽宁教育行政学院学报》2005 年 9 期。

123　赵小华：《女性生存困境与诗歌风格之形成——以薛涛其诗其人为例》，《吉林大学社会科学学报》2015 年 4 期。

124　吕璐：《从薛涛到鱼玄机——唐女性诗人爱情诗中的女性意识觉醒》，《邢台学院学报》2020 年 1 期。

125　许秋群：《浅析薛涛诗的二重性》，《内蒙古农业大学学报（社会科学版）》2006 年 3 期。

126　宫为菊：《女性情怀辉映男子气概——试论薛涛诗歌中的双重情感》，《淮南师范学院学报》2006 年 5 期。

127　应克荣：《论薛涛诗歌的女性意识》，《淮南师范学院学报》2011 年 2 期；《诗篇调态人皆有，细腻风光我独知——论薛涛诗歌的女性意识》，《通化师范学院学报》2013 年 2 期；《中国古代女性书写的困惑——以薛涛为例》，《学术界》2014 年 6 期；《论唐代女性书写的嬗变及其文化意蕴》，《湖南社会科学》2017 年 3 期；《唐代女性书写的“拟男化”特征》，《学术界》2015 年 7 期。

128　周彦：《红笺小字走天涯——薛涛诗英译的文化意义》，《广西民族学院学报（哲学社会科学版）》2004 年 4 期。

129　卢丙华：《薛涛诗英译与西方女性主义文学》，《时代文学》2009 年 1 期。

130　卢婕：《本土诗歌的海外传播——吉纳维芙·魏莎英译版薛涛诗歌的变异研究》，《成都大学学报（社会科学版）》2017 年 3 期。

131　卢婕：《薛涛诗歌典故英译中文化过滤的补偿策略》，《成都大学学报（社会科学版）》2018 年 4 期。

132　于洪波：《从翻译目的论角度评价薛涛诗词的两个英译本》，《重庆三峡学院学报》2013 年 1 期；《薛涛酬赠诗英译探析》，《西昌学院学报（社会科学版）》2015 年 2 期；《浅析薛涛诗词中巴蜀民俗文化的英译》，《海外英语》2014 年 9 期；《薛涛诗词英译述评》，《海外英语》2015 年 1 期；《薛涛诗词中专有名词英译研究》，《乐山师范学院学报》2015 年 3 期；《语境分析下的薛涛诗英译研究》，《新乡学院学报》2015 年 8 期。

133　陈振濂：《薛涛笺及其他》，《四川文物》1989 年 3 期。

134　邓剑鸣：《薛涛笺在中唐时期对四川造纸业的影响与贡献》，《中国造纸》1993 年 6 期。

135　刘仁庆：《论薛涛笺——古纸研究之五》，《纸和造纸》2011 年 2 期。

136　天问：《薛涛简论》下篇，《成都大学学报（社会科学版）》1989 年 2 期。

137　陈友山：《薛涛纪念地马氏立丰碑——马长卿筹建望江楼建筑群事迹考》，《文史杂志》2011 年 1 期。

138　谢桃坊：《花笺茗碗香千载——成都望江楼之薛涛遗迹》，《古典文学知识》2001 年 4 期。

139　王正明、方全明：《历史文化名城成都的标志——崇丽阁》，《四川文物》2001 年 2 期。

140　陈友山：《试说薛涛井的文化价值》，《文史杂志》2009 年 2 期。

141　焦丽、董靓：《女诗人薛涛与望江楼公园》，《广东园林》2020 年 1 期。

142　分别是 2000 年华中师范大学陈晓芸的《命蹇情殇诗愈工——论薛涛和温琬》，2005 年河北大学任靖宇和 2009 年扬州大学汪小燕的同名论文《薛涛诗歌研究》，2011 年四川师范大学张茜的《薛涛创作研究》与安徽大学应克荣的《薛涛女性意识研究》，2012 年四川师范大学彭静的《论薛涛诗歌的美学意蕴》，2013 年温州大学任皓的《中唐男权社会下的女性诗人研究——以薛涛为例》，2014 年华东交通大学刘婷婷的《认知诗学理论下的薛涛诗歌研究》，2018 年贵州师范大学彭瑶的《薛涛在英语世界的接受与变异研究》。

薛涛研究重要论著索引

一、专著

谢无量：《中国妇女文学史》，中华书局，1916 年。

谭正璧：《中国女性文学史》，光明书局，1930 年。

郑宾于：《中国文学流变史》，上海北新书局，1930 年。

傅润华：《薛涛诗·薛涛年谱》，上海光华书局，1931 年。

陆晶清：《唐代女诗人》，神州国光社，1931 年。

郑振铎：《插图本中国文学史》，北平朴社，1932 年；人民文学出版社，1957 年。

陶秋英：《中国妇女与文学》，北新书局，1933 年。

张蓬舟：《薛涛》，念瑛斋藏版，1949 年。

张蓬舟：《薛涛诗笺》，四川人民出版社，1981 年。

陈文华：《唐女诗人集三种》，上海古籍出版社，1984 年。

羊　村：《女诗人薛涛》，四川人民出版社，1989 年。

薛涛研究会：《薛涛研究论文集》，四川人民出版社，2000 年。

二、报刊论文

乐　尧：《薛涛井》，《益世报》1919 年 11 月 14 日。

姜　华：《介绍女诗人薛涛》，《真美善》1929 年 3 卷 3 期。

傅增湘：《明本薛涛诗跋》，《清华周刊》1930 年 34 卷 6 期。

许绮禅：《记女诗人薛涛遗址》，《新闻报》1931 年 9 月 22 日。

石　岩：《薛涛小传》，《无锡国专季刊》1933 年 1 期。

明　月：《唐代女校书薛涛故居》，《申报》1935 年 6 月 9 日。

赵景深：《唐代女诗人薛涛》，《女子月刊》1936 年 4 卷 9 期。

方　涛：《薛涛》，《大公报》1936 年 11 月 20 日。

鲁　原：《薛涛》，《民报》1937 年 2 月 23 日。

蕴　珠：《成都的薛涛井》，《铁报》1937 年 1 月 5 日。

孤　鹜：《浪漫女诗人薛涛》，《力报》1938 年 2 月 26 日。

承　明：《闲话薛涛笺》，《上海报》1938年10月19日。

子　建：《唐代青楼诗人薛涛》，《时代妇女》（创刊号）1941年。

凌也徽：《西蜀女诗人薛涛》，《东方杂志》1944年40卷2期。

郭祝崧：《望江楼与薛涛》，《旅行杂志》1945年19卷2期。

落伍者：《成都名胜：薛涛艳迹天下闻》，《宝元通简讯》1946年。

史纪法：《薛涛笺》，《和平日报》1946年7月13日。

詹近水：《芙蓉城畔访薛涛故居》，《寰球》1947年第17期。

张篷舟：《薛涛墨迹在人间》，《旅行杂志》1949年23卷1期。

卞孝萱：《元稹薛涛裴淑》，《四川师院学报（社会科学版）》1980年3期。

张篷舟：《薛涛生卒究何年》，《读书》1982年9期。

邓剑铭、李华飞：《薛涛与元稹的关系问题及其他》，《社会科学研究》1984年8期。

董淑瑞：《薛涛及其诗歌创作》，《新疆师范大学学报（社会科学版）》1985年1期。

朱德慈：《薛涛诗艺术风格摭谈》，《社会科学研究》1985年6期。

贺新居：《薛涛简议》，《天津师大学报》1985年5期。

刘长耿、孙顺霖：《论薛涛和她的〈十离诗〉》，《殷都学刊》1985年1期。

陈　坦：《〈薛涛与元稹的关系问题及其他〉一文辨误——与邓剑鸣、李华飞同志商榷》，《社会科学研究》1986年5期。

朱德慈：《薛涛生年再考》，《成都师专学报》1988年1期。

天　问：《薛涛简论》上篇，《成都大学学报（社会科学版）》1988年3、4期。

苏者聪：《论薛涛其人其诗》，《唐都学刊》1988年4期。

吴伟斌：《也谈元稹与薛涛的“风流韵事”》，《扬州师院学报（社会科学版）》1988年9期。

苏者聪：《论元稹与薛涛》，《天府新论》1988年4期。

邓剑铭、胡国馀：《〈薛涛诗笺〉中几首诗真伪辨》，《西南师范大学学报（人文社会科学版）》1989年2期。

朱德慈：《元薛姻缘脞证》，《成都大学学报（社会科学版）》1989年2期。

陈振濂：《薛涛笺及其他》，《四川文物》1989年3期。

天　问：《薛涛简论》下篇，《成都大学学报（社会科学版）》1989年2期。

张而今：《情思·才调·风度——谈薛涛诗的审美魅力》，《贵州大学学报（社会科学版）》1990年7期。

查洪德：《大雅不群洪度诗》，《殷都学刊》1990年4期。

赵松元：《薛涛诗歌的“丈夫气”再议》，《中国文学研究》1991 年 2 期。
朱德慈：《薛涛考异三题》，《唐都学刊》1992 年 2 期。
刘天文：《薛涛生年考辨》，《社会科学研究》1992 年 6 期。
庞庄甫：《琵琶花里和枇杷门巷》，《文史杂志》1993 年 1 期。
邓剑鸣：《薛涛笺在中唐时期对四川造纸业的影响与贡献》，《中国造纸》1993 年 6 期。
张洁云：《薛涛诗意考辨》，《四川师范大学学报（社会科学版）》1994 年 3 期。
刘天文：《薛涛〈送郑眉州〉诗题辨正》，《成都大学学报（社会科学版）》1995 年 1 期。
张洁云：《略论薛涛咏物诗的托物伸意》，《四川师范大学学报（哲学社会科学版）》1995 年 4 期。
周容良：《感于哀乐缘事而发——读薛涛上蜀帅诗》，《成都大学学报（社会科学版）》1995 年 3 期。
夏春豪：《论薛涛诗》，《河南大学学报（社会科学版）》1996 年 6 期。
朱德慈：《薛涛“校书”衔考》，《运城高专学报》1997 年 3 期。
朱德慈：《薛涛诗考辨四题》，《成都师专学报》1998 年 2 期。
张正则、季国平：《薛涛〈别李郎中〉诗新析》，《成都大学学报（社会科学版）》1998 年 1 期。
王定璋：《松花笺写洪度诗——论唐代娼妓的诗歌》，《西南民族学院学报》1999 年 5 期。
申及甫：《凭史实探薛涛身世》，《成都大学学报（社会科学版）》2000 年 1 期。
张　宇：《薛涛咏物诗小议》，《苏州教育学院学报》2000 年 4 期。
邱瑰华：《论唐代女冠诗人的社会交往与创作的关系》，《淮北煤炭师院学报》2000 年 2 期。
刘玉珊、杨正苞：《读王建〈寄蜀中薛涛校书〉诗辨讹》，《文史杂志》2001 年 4 期。
刘铁峰：《幽怨愁伤“女校书”——薛涛〈十离诗〉“诗格卑下”辩》，《娄底师专学报》2001 年 3 期。
谢桃坊：《花笺茗碗香千载——成都望江楼之薛涛遗迹》，《古典文学知识》2001 年 4 期。
王正明、方全明：《历史文化名城成都的标志——崇丽阁》，《四川文物》2001 年 2 期。
陈晓芸：《命蹇情殇诗愈工——论薛涛和温琬》，《黄石教育学院学报》2002 年 1、2 期。
刘天文：《薛涛交游考略（上、下）》，《成都大学学报（社会科学版）》2003 年 4 期、2004 年 1 期。
李　红：《谈薛涛诗歌的情感魅力》，《中国矿业大学学报（社会科学版）》2003 年 4 期。
陈　娟：《薛涛、鱼玄机诗用韵概况》，《淮北煤炭师范学院学报（哲学社会科学版）》2003 年 2 期。
刘　宁：《试析唐代娼妓诗与女冠诗的差异》，《中国典籍与文化》2003 年 4 期。
王永波、黄芸珠：《论薛涛诗歌男性化审美形态的表现》，《乐山师范学院学报》2003 年 7 期。
黄芸珠：《略论薛涛诗风“男性化”的成因及其表现》，《中国文学研究》2003 年 2 期。

刘天文：《薛涛史料考辨》，《成都大学学报（社会科学版）》2004 年 3 期。

迟乃鹏：《宾妓——薛涛身份的准确定位》，《天府新论》2004 年 6 期。

尹艳辉：《自由与爱情：薛涛的女性情感世界》，《成都大学学报（社会科学版）》2004 年 3 期。

周　彦：《红笺小字走天涯——薛涛诗英译的文化意义》，《广西民族学院学报（哲学社会科学版）》2004 年 4 期。

刘玉珊、杨正苞：《薛涛〈咏八十一颗〉诗辨析》，《文史杂志》2005 年 6 期。

李　涛：《〈十离诗〉：男性中心社会里女性的十声叹息》，《名作欣赏》2005 年 2 期。

李玉玲：《从酬赠诗与诗品论李冶薛涛诗歌之优劣》，《太原师范学院学报（社会科学版）》2005 年 4 期。

朱柳敏、计　颖：《试析唐代女诗人薛涛和鱼玄机女性文学意识的成熟》，《辽宁教育行政学院学报》2005 年 9 期。

李敏星：《“长教碧玉藏深处，总向红笺写自随”——薛涛〈离诗〉辨》，《怀化学院学报》2006 年 6 期。

陈友山：《薛涛诗存厥功则伟——从〈万首唐人绝句〉到〈薛涛诗笺〉》，《文史杂志》2006 年 5 期。

郭祝崧：《薛涛小诗系史实》，《文史杂志》2006 年 4 期。

吴维杰、吴　柯：《薛涛〈棠梨花和李太尉〉与西川海棠辨正——王仲镛〈试论西川海棠与薛涛〉质疑》，《成都大学学报（社会科学版）》2006 年 2 期。

姜　楠：《论薛涛诗作悲凉格调的成因》，《科技资讯》2006 年 2 期。

许秋群：《浅析薛涛诗的二重性》，《内蒙古农业大学学报（社会科学版）》2006 年 3 期。

宫为菊：《女性情怀辉映男子气概——试论薛涛诗歌中的双重情感》，《淮南师范学院学报》2006 年 5 期。

刘铁峰：《基于薛涛诗作的薛涛“校书”身份考》，《广西社会科学》2007 年 3 期。

张若雅：《薛涛、鱼玄机合论——兼及女性文学的历史境遇》，《文学前沿》2007 年 4 期。

吴维杰、吴　柯：《杜甫无海棠诗与薛涛咏海棠之谜——王仲镛〈试论西川海棠与薛涛〉续评》，《乐山师范学院学报》2008 年 3 期。

禹尚烈：《薛涛与黄真伊比较研究》，《中央民族大学学报（哲学社会科学版）》2008 年 5 期。

卢丙华：《薛涛诗英译与西方女性主义文学》，《时代文学》2009 年 1 期。

陈友山：《试说薛涛井的文化价值》，《文史杂志》2009 年 2 期。

宋冬霞：《薛涛与朱淑真的比较研究》，《长春理工大学学报》2010 年 7 期。

黄　艳：《薛涛、鱼玄机酬赠诗之比较研究》，《名作欣赏》2011 年 1 期。

应克荣：《论薛涛诗歌的女性意识》，《淮南师范学院学报》2011 年 2 期。

刘仁庆：《论薛涛笺——古纸研究之五》，《纸和造纸》2011 年 2 期。
陈友山：《薛涛纪念地马氏立丰碑——马长卿筹建望江楼建筑群事迹考》，《文史杂志》2011 年 1 期。
张正则、李国平、张雅：《薛涛诗“八十一颗”所咏或即珙桐》，《文史杂志》2012 年 5 期。
何　苇：《试论薛涛诗作中植物意象的审美意蕴》，《邢台学院学报》2012 年 3 期。
汪辉秀：《薛涛〈寄旧诗与元微之〉新解》，《名作欣赏》2012 年 6 期。
熊发学：《试论薛涛诗的分期划代》，《成都大学学报（社会科学版）》2013 年 2 期。
汪辉秀：《小议薛涛的爱情观》，《文史杂志》2013 年 7 期。
安家琪：《中唐女诗人的生存体验——以李冶、薛涛、鱼玄机为例》，《鸡西大学学报》2013 年 9 期。
于洪波：《诗篇调态人皆有，细腻风光我独知——论薛涛诗歌的女性意识》，《通化师范学院学报》2013 年 2 期。
于洪波：《从翻译目的论角度评价薛涛诗词的两个英译本》，《重庆三峡学院学报》2013 年 1 期。
汪辉秀：《论薛涛诗中的用典特点》，《中华文化论坛》2014 年 4 期。
阴肖娟：《芙蓉空老蜀江花——薛涛的恋爱经历及其爱情诗》，《安顺学院学报》2014 年 2 期。
于洪波：《中国古代女性书写的困惑——以薛涛为例》，《学术界》2014 年 6 期。
于洪波：《浅析薛涛诗词中巴蜀民俗文化的英译》，《海外英语》2014 年 9 期。
卿　彦：《旧题薛涛〈江月楼〉诗作者质疑》，《古典文学知识》2015 年 3 期。
冯广宏：《唐代西蜀女诗人薛涛事迹稽沉》，《文史杂志》2015 年 2 期。
任军霜：《薛涛诗歌用韵研究》，《牡丹江大学学报》2015 年 7 期。
赵小华：《女性生存困境与诗歌风格之形成——以薛涛其诗其人为例》，《吉林大学社会科学学报》2015 年 4 期。
于洪波：《唐代女性书写的“拟男化”特征》，《学术界》2015 年 7 期。
于洪波：《薛涛酬赠诗英译探析》，《西昌学院学报》2015 年 2 期。
于洪波：《薛涛诗词英译述评》，《海外英语》2015 年 1 期。
于洪波：《薛涛诗词中专有名词英译研究》，《乐山师范学院学报》2015 年 3 期。
于洪波：《语境分析下的薛涛诗英译研究》，《新乡学院学报》2015 年 8 期。
谢天开：《论唐代女诗人薛涛的“孔雀光晕”现象》，《成都师范学院学报》2016 年 8 期。
刘亮亮：《薛涛诗歌中动物意象的情感探析》，《河北北方学院学报（社会科学版）》2016 年 2 期。
赵小华：《公共性：唐代女性诗歌的别样视角》，《华南师范大学学报（社会科学版）》2016 年 2 期。

李宁宁：《女性主义视阈下薛涛与许兰雪轩之比较研究》，《重庆第二师范学院学报》2017 年 4 期。

于洪波：《论唐代女性书写的嬗变及其文化意蕴》，《湖南社会科学》2017 年 3 期。

卢　婕：《本土诗歌的海外传播——吉纳维芙·魏莎英译版薛涛诗歌的变异研究》，《成都大学学报（社会科学版）》2017 年 3 期。

卢　婕：《从道教视野试解薛涛谜语诗〈咏八十一颗〉》，《文史杂志》2018 年 6 期。

卢　婕：《薛涛诗歌典故英译中文化过滤的补偿策略》，《成都大学学报（社会科学版）》2018 年 4 期。

张　波：《物象离合——对薛涛〈十离诗〉的一种解读》，《古典文学知识》2019 年 6 期。

史莫野、史美珩：《李清照与薛涛诗词比较研究》，《湖州师范学院学报》2019 年 9 期。

常　莹、徐加新：《薛涛与朝鲜朝女诗人金芙蓉的诗歌意象比较研究》，《福建茶叶》2019 年 9 期。

汪辉秀：《薛涛校书郎官职考辨》，《巴蜀史志》2020 年 5 期。

卢　婕：《道教视野下的薛涛〈柳絮咏〉新解》，《文史杂志》2020 年 1 期。

吕　璐：《从薛涛到鱼玄机——唐女性诗人爱情诗中的女性意识觉醒》，《邢台学院学报》2020 年 1 期。

焦　丽、董　靓：《女诗人薛涛与望江楼公园》，《广东园林》2020 年 1 期。

汪辉秀：《唐代才女薛涛生年考辨》，《文史杂志》2022 年第 2 期。

汪辉秀：《唐代才女薛涛被罚赴松州原因新探》，《地域文化研究》2022 年第 5 期。

三、学位论文

任靖宇：《薛涛诗歌研究》，河北大学 2005 年硕士学位论文。

汪小燕：《薛涛诗歌研究》，扬州大学 2009 年硕士学位论文。

张　茜：《薛涛创作研究》，四川师范大学 2011 年硕士学位论文。

应克荣：《薛涛女性意识研究》，安徽大学 2011 年硕士学位论文。

彭　静：《论薛涛诗歌的美学意蕴》，四川师范大学 2012 年硕士学位论文。

任　皓：《中唐男权社会下的女性诗人研究——以薛涛为例》，温州大学 2013 年硕士学位论文。

刘婷婷：《认知诗学理论下的薛涛诗歌研究》，华东交通大学 2014 年硕士学位论文。

彭　瑶：《薛涛在英语世界的接受与变异研究》，贵州师范大学 2018 年硕士学位论文。

图书在版编目（CIP）数据

万里桥边女校书：薛涛文化诗书画精编 /《万里桥边女校书——薛涛文化诗书画精编》编辑委员会编 . — 成都：巴蜀书社，2023.7
ISBN 978-7-5531-2031-7

Ⅰ . ①万… Ⅱ . ①万… Ⅲ . ①唐诗 - 诗集②中国画 - 作品集 - 中国 - 近现代③汉字 - 碑帖 - 中国 - 清代④薛涛（768-832）- 人物研究 - 文集 Ⅳ . ① I222.742 ② J222.5 ③ K825.6-53

中国国家版本馆 CIP 数据核字 (2023) 第 114873 号

万里桥边女校书
——薛涛文化诗书画精编

Wanli Qiaobian Nüjiaoshu——Xuetao Wenhua Shishuhua Jingbian

《万里桥边女校书——薛涛文化诗书画精编》编辑委员会 编

策　　划：周　颖　吴焕姣
责任编辑：吴焕姣　王　莹
书籍设计：李中果　严小华
出　　版：中华书局　巴蜀书社
成都市锦江区三色路 238 号新华之星 A 座 36 楼
邮编：610023　总编室电话：028-8636 1843
www.bsbook.com
发　　行：巴蜀书社
发行科电话：028-8636 1852
印　　刷：成都市金雅迪彩色印刷有限公司
成品尺寸：285mm × 200mm
印　　张：16.25
插　　页：2.5
字　　数：200 千
版　　次：2023 年 7 月第 1 版
印　　次：2023 年 7 月第 1 次印刷
书　　号：ISBN 978-7-5531-2031-7
定　　价：368.00 元